나는 무늬

나는 무늬

김해원 장편소설

낮은산

차례

피의자 신문조서

피의자 : 문희

위의 사람에 대한 김수성 명예훼손 피의 사건에 관하여 20**년 *월 **일 15:25 신양경찰서에서 사법경찰관 조형식은 사법경찰리 이윤수를 참여하게 한 후, 피의자에 대하여 다시 아래의 권리들이 있음을 알려 주고 이를 행사할 것인지 그 의사를 확인한다.

---

1. 귀하는 일체의 진술을 하지 아니하거나 개개의 질문에 대하여 진술을 아니할 수 있습니다.
2. 귀하가 진술을 하지 아니하더라도 불이익을 받지 아니합니다.
3. 귀하가 진술을 거부할 권리를 포기하고 행한 진술은 법정에서 유죄의 증거로 사용될 수 있습니다.
4. 귀하가 신문을 받을 때에는 변호인을 참여하게 하는 등 변호인의 조력을 받을 수 있습니다.

문 : 피의자는 본건 고소인 김수성을 아나요?

답 : 네. 김수성 씨의 어머니인 박성자 씨가 저희 할머니와 한 동네에서 30년 넘게 사셨습니다. 박성자 씨가 종종 저희 집에 놀러 오셨는데, 간간이 자제분들 얘기를 하셔서 둘째 아드님인 김수성 씨도 예전부터 알았습니다. 또 김수성 씨가 하는 가게 앞을 지나다가 간혹 얼굴을 뵙기도 했습니다.

문 : 피의자는 고소인이 운영하는 식당에 가 본 적이 있나요?

답 : 아니요. 하지만 자주 그 앞을 지나갔습니다.

문 : 피의자는 고소인이 운영하는 식당에서 일한 아르바이트생 이진형을 알고 있습니까?

답 : 가게 앞을 지나가다 몇 번 본 적은 있지만, 아는 사이는 아닙니다.

문 : 피의자는 아르바이트생과 관련된 일을 캐려고 직접 주변 사람들을 찾아다녔나요?

답 : 네, 그렇습니다.

문 : 피의자가 고소인을 비방할 목적으로 아르바이트생 일에 개입했다고 하는데 맞습니까?

답 : 아닙니다. 저는 김수성 씨를 비방할 이유가 전혀 없습니다. 김수성 씨는 이웃 주민일 뿐이고, 저는 그분에게 아무 감정도 없었습니다.

문 : 없었다는 것은 과거형입니까? 현재는 감정이 있다는 건가요?

답 : 제 감정은 부당한 일을 당한 사람에 대한 안쓰러움과 부당한 일을 저지른 사람에 대한 분노입니다. 그건 사람이라면 누구나 갖는 감정이라고 생각합니다.

문 : 피의자는 고소인이 부당한 일을 벌였다는 것을 다른 사람들에게 알렸습니까?

답 : 김수성 씨의 잘못을 알려야 부당한 일을 당한 피해자의 명예를 지킬 수 있으니까요. 저는 피해자가 잘못이 없다는 것을 알리고 싶었습니다.

문 : 피의자는 다른 사람들에게 고소인의 가게를 이용하지 않도록 선동했습니까?

답 : 아닙니다. 김수성 씨 가게에 피해를 입히려는 생각은 결코 하지 않았습니다. 저는 단지 진실을 알리고 싶었을 뿐입니다.

문 : 정보통신망에 고소인의 사적인 일을 게시하셨습니까?

답 : 저는 누명을 쓴 피해자를 애도하기 위해 사진을 올렸을 뿐
입니다.

문 : 그 사진을 올리기 위해 공모한 사람들이 있습니까?

답 : 공모한 게 아니라 함께 추모한 겁니다. 그 사진을 올린 일
을 범죄로 규정하고 공모한 거냐고 묻는 거라면 없습니다.
저 혼자 한 일입니다.

문 : SNS에 고소인과 고소인의 가게를 유추할 수 있는 글을 올
린 건 맞습니까?

답 : 아니요. 저는 청소년 배달 아르바이트생을 벼랑 끝으로 몰
아붙인 현실에 대해 썼을 뿐입니다.

문 : 피의자가 올린 글에 고소인 가게를 언급한 댓글이 있습니
다. 그 댓글을 보셨습니까?

답 : 네. 보긴 했지만, 저는 그 댓글에 어떤 답글도 달지 않았
습니다.

문 : 피의자가 올린 글이 정보통신망에 확산되면서 고소인의
명예를 훼손할 수 있다는 것을 인지하지 못했습니까?

답 : 네. 전혀 몰랐습니다. 저는 고소인이 누명을 씌운 피해자

의 명예를 회복시키려 했을 뿐입니다.

문 : 고소인의 명예가 훼손되어 영업에도 막대한 피해를 입었다는 것을 알고 있습니까?

답 : 아니요. 몰랐습니다.

문 : 정보통신망에 특정한 개인의 사실을 적시하면 명예훼손죄가 성립된다는 것을 알고 있습니까?

답 : 제가 법률 조항을 찾아보니 공연히 개인의 사실을 적시하면 죄가 성립된다고 명시되어 있더군요. 저는 공연히 김수성 씨를 곤경에 빠뜨릴 목적으로 SNS에 글을 올리지 않았습니다. 제 글은 한 청소년을 추모하기 위한 작은 마음일 뿐입니다. 그리고 제 글을 옮긴 사람들도 모두 저처럼 마음을 보탠 것이라고 생각합니다.

문 : 피의자가 고소인과 관련된 사건에 개입한 까닭은 무엇입니까?

답 : 그건 간단히 말할 수 없습니다. 제가 지금 이 자리에 있게 된, 그 일의 시작은 아주 긴 얘기가 될 겁니다.

문 : 본건과 관련하여 피의자에게 유리할 증거나 자료를 제출할 의향이 있습니까?

답 : 네, 있습니다.

문 : 이상 진술이 사실인가요?

답 : 네.

문 : 더 할 말이 있나요?

답 : 네. 지금까지 있었던 일을 자술서로 제출하겠습니다.

소 멸

한 사람의 시작은 우주가 탄생한 태초로 거슬러 올라간다. 태양에서 1억 5천만 킬로미터 떨어진 행성에 바다가 생기고 그 바다가 잉태한 보잘것없는 미물은 이 행성에 존재했거나 아직 존재하는 모든 생명체의 시작이었다. 초록빛이나 붉은빛을 띤 끈적끈적한 시조로부터 비롯된 생명의 지난한 생존 투쟁은 행성이 태양을 46억 바퀴 돌 때까지 이어졌고, 긴 시간이 낳은 피조물은 시조의 업을 계승하여 끈질기게 발버둥 치며 복제와 업그레이드를 거듭했다.

곱게 목숨을 부지할 수도, 요행으로 종족을 번식할 수도 없는 행성의 법칙을, 예순다섯 해 동안 안간힘을 쓰면서 살아온 이영심 씨는 '팔자'라고 했다. 생명의 법칙은 모든 생명체를 아우르는 박애주의자지만, 팔자는 불행의 씨앗을 고르는 디테일을 갖춘 차별주의자다. 팔자는 행성의 법칙이 아니라 태양이 지구를 돈다고 철석같이 믿었던, 자신이 발 딛고 서 있는 곳이 우주의 중심이라고 착각하는 오만한 인간의 창조물이다.

이영심 씨도 뻔히 알고 있었다. 자신을 팔자에 옭아맨 장본인은 따로 있다는 것을. 칠월 칠석에 태어난 딸을 받아 들고는 계집애가 너무 센 날 태어났다면서 출생 날짜를 하루 미룬 아버지. 가부장의 무거운 책임감을 아집과 독선으로 지탱해 온 음울한 아버지는 딸의 생일을 바꾼 것으로는 성에 차지 않아 딸의 미래도 멋대로 결정했다. 고등학교에 안 보내 줬으니 양재 학원이라도 보내 달라는 딸에게 곱게 있다가 시집이나 가라고 호통친 아버지는 딸에게 과분하지도 처지지도 않는 신랑감을 물색했다.

이른 봄날, 열아홉 살 이영심 씨는 새로 산 까만 에나멜 구두를 신고 아버지를 따라 읍내 다방에 갔다. 수족관이 한가운데 떡하니 자리를 차지하고 있는 다방에는 과수원집 노인과 중학교 서무로 일한다는 그의 막내아들이 기다리고 있었다. 이영심 씨는 내내 수족관 안을 유유히 헤엄치는 빨간 금붕어에 한눈을 팔고, 얼굴이 새까만 제 아버지와 다르게 희멀끔한 스물여덟 살 서무는 시종 이맛살을 찌푸린 채 앉아 있었다.

그날 이영심 씨는 집으로 돌아오면서 뻣뻣한 새 구두에 발뒤꿈치가 까져 눈물을 찔끔댔는데, 어머니는 드센 사주를 액땜해야 하는 운명을 순순히 받아들이라며 쥐어박는 소리를 했다. 이 행성에서 여자가 생존하는 방식은 사내를 잘 만나는 것밖에 없다고 믿어 의심치 않는 운명론자들의 연대는 견고했다.

이영심 씨는 서무와 서너 번 데이트라는 것을 한 뒤 결혼식을 올리고 기차역 앞 새로 지은 양옥집 2층에 살림을 차렸다. 서무는 잘 웃지 않았지만 소탈해서 옷을 만들어 보고 싶다는 아내 말에 선뜻 서울 변두리에 있는 양재 학원을 끊어 줬다.

이영심 씨는 한여름에 재봉틀 밑줄 갈기를 익히고, 가을에 패턴을 배워서 눈이 잦던 겨울에 후레아스커트 하나 겨우 만들었는데, 서무가 뺑소니차 사고로 세상을 떠났다.

모든 게 꿈같았다. 봄에서 겨울까지 긴 꿈을 꿨다고 하면 좋았겠지만, 너무 확실한 물증들이 남아 있었다. 이영심 씨는 서무를 처음 만날 때 신었던 에나멜 구두를 신고, 수안보

온천으로 신혼여행 갈 적에 쓴 트렁크를 끌고 발이 푹푹 들어가는 눈 쌓인 길을 걸어 집으로 돌아왔다. 여전히 완고한 운명론자들은 딸과 마주할 적마다 팔자를 운운하며 혀를 차다가 이듬해 화훼 농사를 크게 한다는 아이 하나 딸린 홀아비한테 떠넘기듯 보냈다.

눈 내리는 날이었다. 이영심 씨는 다시 트렁크를 끌고 집을 나섰다. 홀아비가 타고 온 택시는 눈길을 엉금엉금 기어갔다. 이영심 씨는 느리게 뒤로 지나가는 풍경을 보면서 망설였다. 뛰어내려야 할까? 결국 이영심 씨는 뛰어내리지 못했고, 스무 살에 네 살짜리 사내아이의 엄마가 되었다. 이영심 씨는 작년 겨울에 그 겨울날을 얘기했다.

"그 친구는 택시야 기든 말든 흰 눈이 사박사박 내리는 차창 밖만 내다봤지. 제 처지는 생각 않고 물색없이 중학교 때 몰래 극장 가서 본 〈닥터 지바고〉라는 영화가 생각나더라는 거야. 거기 나오는 여주인공처럼 나도 사랑을 찾아 썰매를 타고 눈밭을 달리는 거다, 눈 오는 날 결혼하면 잘 산다는 말도 있지 않나, 내 사나운 팔자도 눈처럼 고와질 수도 있지 않겠나 싶었다나. 그런데 그 영화에서 주인공들의 사랑은 이뤄지지 않았다는 건 미처 생각 못 했지."

이영심 씨의 회고록은 언제나 3인칭 시점이었다. 택시를 타고 눈길을 달리던 그 친구가 사실은 이영심 씨 자신이라는 것을 결코 말하지 않았다. 기구한 팔자가 유전형질인 줄 아는, 23쌍의 염색체 틈에 청승맞은 유전자 한 쌍이 구차하게 끼어 있어서 대머리나 눈동자 색깔처럼 대대손손 유전되는 것이라고, 특히 이 열성 유전형질은 어머니에서 딸로 유전되어 '딸은 엄마 팔자를 닮는다'는 비과학적인 말을 사실인 양 믿고 떠드는 사람들이 아직 존재하기 때문이다.

과학적으로 보자면 팔자는 무수한 우연 중 하나이고, 우연과 필연으로 착각하는 우연이 얽히고설킨 인생은 행성의 음모를 교묘하게 감춘 눈속임일 뿐이다. 인생의 장르가 스릴러, 미스터리, 느와르, 로맨스, 판타지 그 무엇이든 결말은 같다. 정교하게 프로그래밍 된 행성의 엔딩은 오로지 하나다.

소멸.

인생의 전개에 만족하든 말든, 가죽을 남기든, 이름을 남기든 결국 소멸한다. 행성은 다른 선택을 허용하지 않는다.

역경을 무던하게 견뎌 내고 있던 이영심 씨에게도 행성은 관대하지 않았다. 이영심 씨는 극장 상가건물 계단 청소를 하다가 쓰러졌다. 극장을 찾은 사람들이 스크린에 투영된

픽션에 몰두하고 있을 때 5년 동안 극장을 쓸고 닦은, 어쩌면 바로 전까지 그들 옆으로 걸레질을 하면서 지나갔을지도 모르는 한 사람의 진짜 삶이 엔딩을 향해 달리고 있었다. 하필 눈 오는 날, 오래전 홀로 눈길을 걸었던 그 겨울처럼 이영심 씨는 또 혼자였다.

나는 학교에 있었다. 기말고사가 끝나고 방학이 며칠 남지 않은 교실은 1교시부터 좀비들이 들끓었다. 창밖은 진눈깨비가 꽃잎처럼 흩날리고 있었지만, 교실은 피 칠갑한 남편이 아내를 물어뜯고, 엄마가 딸을 노리며 비명과 악다구니가 뒤엉킨 아수라장이었다. 세상의 끔찍한 종말은 4교시가 끝나는 음악이 스피커에서 흘러나오면서 보류됐다.

영화에 홀린 아이들은 의자를 뒤로 밀치면서 일어나 좀비처럼 팔을 늘어뜨리고 우르르 식당으로 몰려갔다. 나는 그들 틈에 끼어들지 않았다. 교실에 혼자 남아 눈 내리는 창밖을 내다보면서 설핏 할머니를 생각했다. 사람들이 눈을 밟아 들여서 엉망인 바닥을 연신 닦고 다닐 할머니가 마음에 걸렸어도 어떤 불길한 예감 같은 건 눈곱만큼도 없었다.

나는 좀비들이 없는 평화로운 도서관으로 숨어 들어가

며칠 전에 할머니가 사다 준 잡지를 펼쳐 아프리카의 대평원으로 피신했다. 그곳에는 기린이 잎을 뜯어 먹으면 곧바로 유독 물질을 잎으로 퍼뜨려 자신을 보호하고, 에틸렌 가스를 내뿜어 동료에게 적의 출현을 알리는 우산아카시아가 있었다. 소리치지 않아도 먼 곳까지 진심을 전할 수 있어서, 부리나케 달려가지 않아도 자신과 동료를 지킬 수 있기에 우산아카시아는 아프리카 벌판에서 가지를 뻗치면서 오랜 시간 꿋꿋하게 살아남을 수 있었다.

그런데 만물의 영장이라고 자부하는 종은 자신한테 무슨 일이 벌어지고 있는지 모르고 태평하게 우산아카시아니 사하라은개미니 하는 아득하게 먼 곳에 있는 존재에 감탄하고 있었다. 오래전 그때처럼 나는 무용했다.

나는 할머니가 쓰러져서 응급실로 이송되었다는 연락을 받고도 위급함을 느끼지 못했다. 여전히 좀비가 판치는 교실로 돌아가 차분히 가방을 챙겨 학교를 빠져나왔고, 버스를 기다리면서도 사하라은개미를 생각했다. 60도 가까이 되는 뜨거운 모래 위에서 제 몸길이의 약 108배나 되는 거리를 1초 만에 주파하는 개미계의 육상 선수, 우사인 볼트도 울고 갈 사하라은개미 얘기를 밤에 할머니한테 읽어 줄 생각만 했다.

　밤마다 내가 소리 내서 잡지를 읽는 것은 할머니와 나의 오래된 의식이었다. 내가 처음 할머니 집에 온 날, 고구마 줄기 껍질을 벗기느라 방바닥에 깔아 놓은 신문을 일곱 살짜리가 줄줄 읽는 걸 본 할머니는 그 길로 나가 동화책을 사 와 읽혔다. 하지만 나는 동화책이 싫었다. 동화는 다 슬펐다. 강아지 똥이 거름이 된다는 것도, 삐삐가 닐슨 씨와 말 아저씨하고만 사는 것도, 호랑이한테 쫓겨 하늘로 올라간 남매도 모두 가련하고 불쌍했다. 코끝이 시큰해지면서 눈두덩이 뜨거워져서 동화책은 줄줄 읽기가 어려웠다. 할머니는 동화책 대신 성인용 잡지를 구해 왔다. 예뻐지고 싶고, 잘 살고 싶고, 똑똑해지고 싶은 어른들이 보는 잡지에 실린 글은 일곱 살짜리가 이해하기 어려웠지만 그래서 좋았다.

　나는 뜻 모르는 글자를 한 자 한 자 정확하게 읽으려고 애썼다. 팽창, 궤도, 테라스, 울란바토르, 모퉁이, 석양, 느릅나무 같은 낯설고 어려운 낱말이 내 입속에서 오물오물 만들어져 완성될 때 희열을 느꼈다. 할머니는 내가 읽는 소리를 귀 기울여 듣다가 우습다든지 놀랍다든지 혹은 물색없는 소리라든지 먹고살 만하니까 별 쓰잘머리 없는 얘기를 한다든지 하며 추임새를 넣었다. 도통 말하지 않는 손녀와 손녀가 아직 낯선 할머니가 찾은 어색한 소통 방식이었지만 둘은 이내 익숙해졌다. 내 목소리가 점점 커지면서 할머니의 추임새도 점점 길어졌다. 할머니가 덧붙인 얘기에는 대개 한 사람의 삶이 담겨 있었다. 사흘 전에도 할머니는 내가 읽기를 마치자마자 말했다.

 "우리 동네에 이름이 이씨인 할머니가 있었어. 성이 이, 이름이 씨인 거야. 먹고살기 힘든 부모가 딸이라고 이름을 안 지어 줘서 호적을 만들 때 군 서기가 그냥 성만 따서 이씨라고 올렸다나. 이름도 없는 그 딸이 얼마나 대단한지 소작으로 농사를 시작해서 한 평 두 평 땅을 늘리더니 그 동네에서 농사를 제일 많이 지었어. 보통 억척이 아니었지. 나중에는 이씨 할머니 땅을 밟지 않고는 다닐 수가 없다고 했지. 그러다가 신도시로 개발되면서 그 땅이 다 돈이 된 거야. 그러니까 자식들이 서로 잘 보이려고 난리도 아니었지. 큰아들은 어머니 개명 신청을 했는데, 돈 들여 지은 이름이 이수진이야. 아무리 잘 보이고 싶어도 그렇지. 수진이는 너무했지. 아무튼 이수진이 된 할머니는 자식들이 주말에 출근 도장을 찍어야 용돈을 줬어. 부모한테 잘하는 자식한테 유산을 준다니까 다들 기를 쓰고 왔지. 현명하셨지."

　이씨로 시작해서 이수진으로 전개되었다가 현명한 유산
상속으로 끝난 해피 엔딩 드라마의 출발점은 백인들에게 멸
종한 줄 알았던 야히 부족의 마지막 생존자 얘기였다. 48년
동안 협곡에서 숨어 살다가 세상에 나와 인류학 박물관 수
위가 된 인디언은 낯선 사람에게 이름을 밝히는 것이 부족
의 금기라서 끝까지 진짜 이름을 말하지 않고 자신을 '이시'
라고 했다. '이시'는 야히 부족 말로 '사람'이라는 뜻이다.

　마지막 야히 부족 이시를 이씨로 변환하는 할머니의 비약
은 놀라웠다. 할머니의 스토리는 늘 예측 불가였다. 아침에
밥상을 차려 준 할머니가 응급실 끄트머리 침상에 인공호흡
기를 낀 채 누워 있는 것도, 흰 시트에 흐트러져 있는 머리
칼도, 부어 있는 얼굴도 낯설어서 선뜻 다가갈 수 없었다. 할
머니 병상 옆에 앉아 있던 아주머니가 나를 보고는 벌떡 일
어섰다. 닭 벼슬처럼 앞머리를 꼿꼿하게 잘 세운 아주머니가
누구인지 단박에 알아봤다. 목이 잘린 채로 1년 반 동안 살
았다는 콜로라도 닭 얘기를 듣고 할머니는 같이 일하는 김
희숙 씨의 헤어스타일을 얘기해 줬다. 머리 손질도 잘하고,
혼자서 자식들도 잘 키웠다는 김희숙 씨는 대기업에 다니는

큰아들이 창피해할까 봐 건물 청소한다는 걸 숨긴다고 했다. 나는 김희숙 씨한테 꾸벅 인사를 하고는 머뭇머뭇 할머니 곁으로 걸어갔다.

"손녀 맞지? 내가 연락했어. 이모한테도 연락했더니 바로 출발한다고 하더라고. 이게 웬일이래. 아니 그러게 눈도 오고 날도 추운데 관리실 놈들이 하필 오늘 신주를 닦으라는 거야. 내일 극장에서 배우 시사회를 한다고 난리법석을 떨더라고. 미쳐도 단단히 미쳤지. 배우가 오면 계단으로 올라가겠냐고. 엘리베이터 타고 가지. 그리고 계단으로 올라간다고 해도 누가 계단 신주를 유심히 보겠어? 그렇게 유난을 떨더니 결국 이 사달을 만들어. 신주 닦기가 얼마나 힘든데. 근데 이모는 속초에서 출발한다며? 어째. 수술할지도 모른다는데……."

"수술이요?"

"아니, 뇌출혈이라잖아. 오자마자 씨티 찍었는데, 의사 말로는 일단 지켜보다가 수술한다고 하던데, 수술 받으려면 이모가 와서 동의서에 사인을 해야지. 속초에서 여기 오려면 한밤중 되는 거 아냐? 올 어른은 이모밖에 없지? 아들은 홍콩에 산다며?"

"네."

"앉아. 앉아 있어. 언니가 손녀 생각해서라도 일어날 거야.
언니는 너밖에 모르는 사람인데······."

김희숙 씨는 코를 훌쩍이다 이내 눈시울이 붉어지면서 나
한테 자신이 앉았던 의자를 내줬다. 나는 의자에 앉지 않았
다. 그 자리에 눌러앉으면 할머니와 집으로 돌아갈 수 없을
것 같았다. 나는 할머니 손에 내 손을 얹었다. 할머니 손은
따뜻했다. 그날처럼. 나를 찾아온 날, 할머니는 따뜻한 손으
로 내 손을 꼭 잡고 말했다.

문희야, 이제 집에 가자.

바깥세상의 시간을 완벽하게 차단한 응급실의 시간은 창
백한 형광등 불빛에 의지해서 흐른다. 응급실에서 추상적인
시간은 링거가 들어가는 속도로, 의료 장비를 옮기는 캐리
어 바퀴가 구르는 소리로 비로소 선명해진다. 내 시간은 할
머니의 맥박과 심장박동에 묶여 있었다. 할머니의 심장박동
이 내 과거가 되고, 현재가 되고, 곧 미래가 되었다.

나는 할머니 숨이 부호화된 기계에서 눈을 떼지 못했다.
할머니 숨이 내 우주라서 그것 말고는 아무것도 할 수 없었

다. 택시를 타고 가고 있다는 이모의 문자에도 답하지 않았
다. 이모가 그 문자를 보내고 얼마 만에 응급실에 닿았는지
알 수 없었다. 문득 고개를 돌리니 맞은편에 김희숙 씨가 아
니라 이모가 서 있었다. 이모는 할머니를 내려다보며 차분하
게 말했다.

"괜찮아. 지금 뇌부종이 심해서 수술을 못 하는데, 부종
이 좀 가라앉으면 수술할 수 있을 거래."

이모의 건조한 목소리는 간호사가 옆 병상 커튼을 치는
소리에 말려 들어갔다. 나는 옆에 놓여 있는 의자를 가리켰
다.

"이모, 앉아."

"희야, 여긴 내가 있을게. 보호자 한 명만 있어야 한다니까
나가서 밥 사 먹고, 집에 가서 옷 갈아입고 와."

나는 대답 없이 다시 할머니 쪽으로 시선을 돌렸다. 이모
는 내 어깨에 매달려 있던 가방을 잡아당겼다.

"가방이라도 내려놓지."

이모 목소리가 귀에 닿았다가 흩어졌다. 나는 할머니 숨
소리에 집중했다. 인공호흡기에 의지한 할머니 숨소리는 평
소와 다르게 거칠지만 가벼웠다. 나는 할머니 숨소리를 잘

안다. 우리는 11년 동안 함께 잤으니까. 소리는 질량이 없어도 숨소리에는 무게가 있다. 숨의 무게는 한 사람이 살아온 시간의 무게와 비례한다. 할머니 삶에는 내가 얹혀 있고, 할머니 숨에는 그 무게가 고스란히 실려 있었다. 그런데 지금 할머니 숨소리에는 무게가 느껴지지 않았다. 할머니는 무의식 상태에서 온전히 자신만을 위한 들숨 날숨을 쉬고 있는 것이다.

이튿날까지 할머니 숨소리는 규칙적이었고, 눈가에는 촉촉하게 물기가 보이기도 했다. 나는 그것이 좋은 징조인 줄만 알았다. 숨이 가벼워지고, 처연한 시간의 무게를 덜어 낸 할머니가 천천히 깨어나고 있는 것이라고.

의사 말은 내 추측과 달랐다. 의사는 할머니 머리맡에서 딱딱한 목소리로 수술을 할 수 없다며 할머니는 이미 코마 상태라고 선고했다.

"우리 할머니 이렇게 숨을 잘 쉬고 있는데요?"

내 말에 의사는 담담하게 대답했다.

"안타깝지만 오래 버티기 힘드실 겁니다."

나는 의사 말을 믿지 않았다. 의사는 기껏해야 할머니와 연결된 기계를 들여다보고 눈꺼풀을 들춰 동공을 봤을 뿐

인데, 어떻게 한 생명이 우주에서 사라질 거라고 단정 지을
수 있는지 따져야 했다.

그렇지만 모두 순순히 의사 말을 믿어 버렸다. 밤새 꼿꼿
하게 의자에 앉아 있던 이모가 좁은 어깨를 들썩이며 흐느
껴 울었다. 의사보다 한발 앞서 응급실에 도착한 외삼촌은
깊은 한숨을 내쉬면서 고개를 떨어뜨렸다. 그들은 너무 쉽
게 굴복했다.

나는 그럴 수 없었다. 할머니가 깨어나지 않을 거라는 것
은 의사 한 사람의 섣부른 예단일 수 있으니까. 나는 할머니
눈가의 물기를 휴지로 찍어 내면서 중얼거렸다.

"할머니 제가 기다릴게요."

내가 기다린 것은 믿지 않으면 존재하지 않는 존재가 적
선하듯 베푸는 기적 따위가 아니라 수억 년 동안 스스로 증
명해 온 생명의 힘이었다. 나는 콜로라도 닭이나 우산아카시
아가 보여 준 생명의 끈질긴 힘을 믿었다.

믿음의 다른 말은 열망이다. 열망은 아홉 살에 익힌 낱말
이다. 할머니는 열망을 간절히 바라는 것이라고 얘기해 줬
다.

"사람은 다 간절하게 바라는 게 있기 마련이야. 내가 아

는 사람은 평생 자식들이 남들한테 아쉬운 소리 안 하게 하려고 죽게 일했어. 똥줄 타게 일하느라고 자식들은 뒷전이었어. 제 자식이 얼마나 외로웠는지 몰랐지. 돈으로는 남한테 아쉬운 소리 안 하게 되었는데, 그럼 뭐해. 자식을 잃었는데. 인생은 그렇게 허망해."

나는 열망의 연관어가 허망이라는 것을 할머니 숨이 사그라진 뒤에야 깨달았다. 할머니는 12월 23일 22시 30분에 세상을 떠났다. 할머니가 세상을 떠난 그 자리에 그 아이도 있었다.

그날 밤, 이 행성에서 두 존재가 소멸했다.

기 억

12월 23일 밤의 기억은 피사체에 초점을 맞추지 못한 사진과 같다. 인공호흡기를 떼어 낸 할머니 얼굴은 희미한데, 시트 밖으로 나온 할머니의 하얀 발은 선명하다. 발톱이 꼬부라져 있는 새끼발가락과 푸른 핏줄이 붉어져 있는 마른 발등. 할머니 손을 잡고 울다가 주저앉아 버린 이모의 모습은 흐릿한데, 옆 병상에 누워 있던 내 또래 여자아이가 일어나 앉으며 난감한 표정을 짓던 모습은 또렷하다. 이모를 넘겨다본 여자아이의 눈시울이 붉어지는 것을 보면서 나는 생각했다. 우리와 생면부지의 사람도 눈물을 흘리는데, 나는 울 수 없구나.

나는 울지 못했고, 외삼촌은 울지 않았다.

외삼촌은 간호사가 시트를 할머니 머리 위까지 끌어 올릴 때 고개를 돌렸다. 외삼촌 뒤로 구급대원이 급하게 병상을 밀고 오는 모습이 보였다. 흰 시트가 피로 붉게 물든 병상에는 피범벅이 된 남자가 누워 있었다.

"이제 영안실로 모셔야 합니다."

간호사의 침착한 목소리를 들으면서도 나는 위급해 보이는 환자한테서 눈을 떼지 못했다. 내 시선은 병상 아래로 축 처진 푸른빛 팔과 팔목에 채워진 노란 실팔찌에서 병상을 따라가는 여자아이의 피 묻은 손까지 이어졌다. 교복 위에 파란색 패딩을 입은 여자아이는 얼굴도 파랗게 질려 있었다.

"지금 이동하겠습니다."

나는 간호사의 말을 들은 뒤에야 비로소 내가 있어야 하는 자리로 고개를 돌렸다. 타인의 불행을 넘겨다볼 처지가 아니라는 것을, 방금 전 나는 내 우주인 할머니를 잃었다는 것을 받아들여야만 했다.

간호사는 능숙하게 할머니 병상의 바퀴 걸쇠를 푼 뒤 자리에서 가차 없이 빼냈다. 이제 이 세상에 할머니 자리는 없다는 듯이.

이모는 흐느끼면서 내 손을 잡았다. 응급실 문이 활짝 열리고 간호사가 병상을 응급실 밖으로 밀어내는 순간 이모 울음소리가 더 커졌다. 이모의 축축한 손이 바들바들 떨렸다. 엄마를 잃은 이의 울음은 눈물로만 나오는 게 아닌 것이다. 이모는 온몸으로 울었다. 응급실을 나와 긴 복도를 지나는 동안 이모의 울음은 잦아들었지만, 꾹꾹 억누르고 있는 슬픔이 내게 고스란히 전해졌다. 나는 내 몸의 떨림이 이모한테 느껴지지 않도록 애썼다. 간호사는 엘리베이터 앞에서 멈춰 섰다. 이모는 손을 뻗어 할머니를 덮은 시트를 매만졌다.

"엄마, 엄마."

울먹이며 엄마를 애타게 부르는 이모 목소리는 아이처럼 가늘었다. 엄마와 딸의 공간에 나는 끼어들 수 없었다. 나는 앞으로 쓰러질 듯 기울어지는 이모의 옷자락을 움켜쥐며 내 입에서 튀어나오려는 말을, 할머니한테 뻗어 나가려는 내 손을 붙잡았다.

"이제 안으로 모십니다."

간호사는 엘리베이터 문이 열리자 우리 쪽으로 고개를 숙이고는 병상을 엘리베이터 안으로 밀어 넣었다. 엄마를 놓친 이모는 쪼그리고 앉아 두 손으로 얼굴을 감싼 채 울었다.

외삼촌은 엘리베이터 문이 닫히지 않도록 밑으로 내려가는 화살표 버튼을 침착하게 누르고 있다가 간호사가 엘리베이터 안으로 들어서자 손가락을 뗐다.

엘리베이터 문이 닫히면서 할머니가 내 눈앞에서 사라지고 있는데 나는 불현듯 우주로 가는 엘리베이터가 생각났다. 과학자들이 적도 상공의 우주에 움직이지 않는 위성을 띄운 뒤 그 위성과 지상을 연결하는 엘리베이터를 연구 중이란 말에 할머니는 혀를 찼다.

"굼뜨면 엘리베이터 걸레질하다가 달나라까지 갔다 올 판이네."

할머니 유머는 썰렁했지만, 나는 좋아했다. 이제 웃기지 않은 유머를 들을 수 없다. 할머니가 탄 엘리베이터는 우주보다도 더 먼 곳으로 할머니를 데려갔다.

나는 어정쩡하게 선 채로 엘리베이터가 지하로 내려가고 있음을 알려 주는 위치 표시등을 지켜봤다. 지하에 닿은 엘리베이터는 한참 동안 그곳에 머물렀다.

진짜 모든 게 끝났다.

엘리베이터 문을 우두커니 바라보고 있던 외삼촌은 영화의 마지막 장면에 찔끔대다가 엔딩 크레딧이 올라가자 민망

한 얼굴로 일어선 사람처럼 머뭇대며 말했다.

"장례식장은?"

이모는 눈물이 그렁그렁한 눈으로 외삼촌을 올려다봤다.

"장례식장 바로 알아봐야지."

마음이 급한 외삼촌은 벌써 휴대폰을 꺼내 들었다. 할머니는 대기업에서 승승장구하다가 직접 회사를 차린 외삼촌을 문 이사라고 불렀다. 어려서부터 똑똑해서 일등을 놓쳐본 적이 없는 수재, 문씨 집안에서 가장 출세한 인물. 할머니한테 아들은 성공한 사람들 앞에 붙는 의례적인 수식어로만 존재했다. 할머니는 외삼촌을 어려워했고, 외삼촌은 그런 할머니를 서먹해했다. 마지막까지도 외삼촌은 불편한 기색이 역력했다. 이모는 눈물 자국을 손으로 훔치면서 일어났다.

"제가 알아볼게요. 여기 병원 장례식장이면 좋겠지만, 자리가 있는지 알 수 없으니까."

"내가 알아볼게. 너는 문희하고 집에 들어가서 준비해라. 영정 사진도 있어야 하니까. 그리고 고모들한테는 내가 연락할 테니 외삼촌들은 네가 연락해라. 원무과에도 가 봐야지."

"제가 알아서 할게요."

"그래. 정산하고 말해."

외삼촌은 손에 들려 있는 휴대폰을 들여다보면서 병원 본관 쪽으로 빠르게 걸어갔다. 이모는 물끄러미 외삼촌의 뒷모습을 보며 중얼거렸다.

"희야, 밖에 나가서 바람 쐬고 있어. 원무과에 들렀다가 나갈 테니까."

이모는 내가 대답하기 전에 외삼촌이 간 쪽으로 걸음을 뗐다. 방금 전까지 발을 헛디디면서 흔들렸던 이모는 평소 모습으로 돌아와 한 발 한 발 단단히 앞으로 내디뎠다.

죽음을 애도하는 데도 절차가 있었다. 치료비를 정산하고, 장례식장을 예약하고, 사람들을 불러 모을 때까지 슬픔을 보류해야 한다는 것을 어른들은 쉽게 납득했다. 그들의 세상이었다.

나는 할머니의 죽음 앞에서도 예외였다. 컴퓨터 프로그래밍에서 예외란 에러다. 정상적인 상태에서 벗어난 비정상 상태. 컴퓨터에 예외 처리 코드가 있듯이 할머니는 에러인 나를 기꺼이 끌어안아 줬다.

우주의 모든 것이 소멸한다는 진리를 이해하면서도 할머니의 소멸은 한번도 생각하지 않았다. 할머니는 11년 동안 나의 우주였고, 우주가 소멸할 줄은 몰랐다. 할머니가 없는 세상, 응급실 밖은 고작 이틀 만에 다른 세상이 되었다. 나는 그 비정상적인 세상으로 선뜻 나갈 수 없어서 문 앞에서 서성이다가 화장실로 갔다.

도피처에는 한 아이가 이미 자리를 차지하고 있었다. 세면대에서 손을 씻던 아이는 거울로 힐끗 나를 보고는 이내 비누 거품 묻은 손을 비벼 댔다. 핏방울이 여기저기 튄 세면대에는 진한 분홍빛 거품이 쿨렁쿨렁 흘러 내려갔다. 파란패딩, 응급실에서 피 묻은 제 손을 내려다보면서 어쩔 줄 몰라하던 그 아이였다.

"오토바이 사고가 났는데, 응급차가 너무 늦게 왔어. 경막외 동맥 파열에 두개골이 골절됐대. 열일곱 살이야."

아이는 손을 씻으면서 웅얼거렸다. 나는 용변 칸에 아이의 친구가 있는 줄 알았다. 그런데 하나뿐인 용변 칸에서 나온 사람은 머리가 희끗희끗한 아주머니였다.

"학생, 피를 여기서 씻으면 어떡해."

아주머니는 피가 튄 세면대를 보고는 기겁하면서 화장실 밖으로 나갔다.

"그 아이 이름이 이진형이래. 이진형."

파란패딩은 손을 다 씻고는 두 손을 오목하게 모아 받은 물로 세면대 핏물을 씻어 내면서 또 중얼댔다. 나한테 하는 말인가? 나는 거울에 비친 파란패딩의 얼굴을 가만히 봤다. 내가 아는 아이인가, 초등학교 때 같은 반이었나, 중학교를 같이 다녔나 기억을 되짚어 봤지만, 분명히 처음 보는 얼굴이었다.

"겨우 열일곱이래. 열일곱 살에 삶이 끝날 줄은 아마 몰랐을 거야."

파란패딩은 태연하게 말을 이어 나갔다. 나는 조금 망설이다가 물었다.

"사고 난 아이가 아는 애야?"

질문의 순서가 잘못되었다. 우선 나를 아느냐고 물어야 했는데 첫 질문을 건너뛰고 말았다. 파란패딩이 거울로 나를 보면서 고개를 내저었다.

"아니. 뺑소니차였어. 오토바이를 치고 차가 그대로 달아나는 것을 봤어. 거기 나밖에 없었어. 빨리 전화를 해야 하는데, 휴대폰 배터리가 없었거든. 그래서 지나가던 차를 세워 119에 신고했어. 내가 더 빨리 신고했으면 어쩌면 살 수도 있었어."

"죽은 거야?"

"응. 의사 말로는 병원에 도착하기 전에 숨이 끊어졌대. 조금만 빨랐어도……."

파란패딩은 울먹이며 말을 잇지 못했다. 핏물을 닦아 낸 손에서 물이 뚝뚝 떨어졌다. 나는 가방에서 휴지를 꺼내 건넸다. 파란패딩은 휴지로 손의 물기를 닦고는 눈물을 훔쳤다.

"신음 소리가 들려서 가까이 갔어. 뭐라고 하는 것 같은데 들리지 않더라고. 잘 들으려고 바닥에 손을 짚었는데, 피인 줄 몰랐어. 눈이 녹은 줄 알았어."

나는 휴지를 몇 장 더 꺼내 내밀었다. 휴지는 줄 수 있어도 낯선 아이를 어떻게 위로해야 하는지 알 수 없었다. 나는 조심스럽게 물었다.

"집에 혼자 갈 수 있겠어?"

파란패딩이 뒤돌아서서 나를 정면으로 봤다. 창백하게 흰 얼굴에 유난히 까만 머리와 까만 눈썹. 처음 본 게 맞는데, 파란패딩이 불쑥 물었다.

"너 몇 단지 살아?"

신도시에 사는 애들의 머릿속에는 아파트 단지 지도가 내

장되어 있다. 그 지도는 유전자의 위치와 유전자 간의 거리를 파악할 수 있는 유전자 지도처럼 유치원부터 고등학교까지 순식간에 훑어서 서로의 연결 고리를 찾아낸다. 나는 그 지도 밖에 있다. 내가 할머니와 11년을 산 집은 아파트 단지 지도에 빠져 있는 시장 골목이다. 신도시 사람들은 내가 사는 동네 앞에 오래되었다는 뜻으로 '구(舊)'를 붙였다.

"나는 구시장 쪽이야."

"어, 나하고 가깝네. 나는 3단지야. 나 수영초등학교 나왔는데……."

파란패딩은 순순히 신상을 공개하고는 멈칫했다. 내가 처음 보는 애라는 것을 그제야 깨달은 얼굴이었다. 파란패딩은 머뭇머뭇 말했다.

"여기서 학원이 가까워. 가람학원, 학원에 가서 학원 버스 타고 가면 돼. 12시까지 차가 있어. 그런데 너는?"

"나는 할머니가 돌아가셨어."

머릿속이 뒤엉켜 자꾸 말이 뒤죽박죽으로 튀어나왔다. 모르는 사이에 할 말은 아니었다. 어쩌면 모르는 사이라서 쉽게 말할 수 있었는지도 모른다.

"어, 진짜?"

진짜다. 진짜 우리 할머니고, 진짜 돌아가셨다. 파란패딩은 생각 없이 뱉은 제 말에 당황한 것 같았다.

"아니, 그게 아니라 내 말은……."

"괜찮아."

"할머니는 그럼 어디 계셔? 아니 내 말은……."

"영안실에 계셔."

"영안실로 가셨어?"

영안실에 계시다니, 영안실로 가시다니 둘의 대화는 이상하게 꼬여 가고 있었다. 하긴 둘이 온종일 시시하고 사소한 문자를 주고받으면서 킬킬대는 친구처럼 자연스럽게 얘기를 나누는 것 자체가 이상했다. 우리 둘 다 난감한 상황을 어떻게 끝내야 할지 몰라 허둥대는데 그 여자아이가 들어왔다. 할머니 옆 병상에 있던 아이. 오른발에 깁스를 한 아이는 서툴게 목발을 짚으면서 들어왔다. 검정색 롱패딩 안에 태권도복을 입은 아이는 좁은 화장실이 꽉 찬 걸 보고는 도로 나가려다가 멈춰 섰다. 아이는 내 쪽으로 한 발짝 다가왔다.

"괜찮아?"

아이 입에서 단내가 났다. 은수처럼.

은수와 나는 같이 한별유치원에 다녔고, 나는 장미빌라

가동에 은수는 나동에 살았다. 가동과 나동은 글씨의 간격만큼이나 가까워서 우리 집 안방 창문에서 은수네 집 거실이 훤히 보였다. 창문에 얼굴을 붙이고 귀를 기울이면 은수가 보고 있는 텔레비전 소리가 들렸다. 나는 종종 은수네를 훔쳐봤다. 은수가 형하고 컴퓨터를 하거나, 은수네 네 식구가 머리를 맞대고 밥을 먹으면서 텔레비전을 보다가 깔깔 웃거나, 은수가 친구들을 집에 데려와 노는 모습을 보면서 그 자리에 있는 나를 상상하곤 했다. 나는 은수네로 폴짝 뛰어넘어가고 싶었다. 일곱 살 때 내 꿈은 은수가 되는 거였다.

은수를 마지막으로 본 건 그 여름날 해 질 녘이었다. 그날 은수는 골목에서 제 형하고 인라인을 타다가 미술 학원에 다녀오는 나한테 와서 물었다.

"너 내일 우리하고 놀이공원 갈래? 괜찮아?"

나는 은수 입에서 풍기던 탄산음료의 단내를 기억한다. 후각의 기억은 느닷없이 뒷덜미를 잡아채서 과거의 시간으로 끌고 간다. 이 시간 여행은 볕이 들지 않아서 온종일 형광등을 켜 놓아야 하는 방의 퀴퀴한 곰팡이 냄새와 창문 아래 자리를 늘 차지하고 있던 빨래걸이에 걸린 수건의 시큼한 냄새가 밴 과거의 집으로 나를 막무가내로 데려다 놓았다.

"괜찮아?"

깁스한 아이가 다시 물었다. 파란패딩이 고개를 내저었다.

"안 괜찮아. 얘, 할머니가 돌아가셨대."

일곱 살, 그 여름날 기억 속에 은수가 있었듯이, 열여덟 살 가장 슬픈 날의 기억에는 두 아이가 존재하게 되었다.

작 당

장례식장에도 번호가 있었다. 우리는 3호실이었다. 3호실
빈소에 놓인 영정 사진 속 이영심 씨는 웃고 있었다. 포토샵
으로 지워서 보이지 않지만, 할머니 옆에는 어색한 표정으로
앞을 응시하고 있는 내가 있었다.

이모는 휴대폰에 저장되어 있는 사진 중 내 중학교 졸업
사진을 찾아냈다.

"희야, 쓸 만한 게 이 사진밖에 없다. 워낙에 사진 찍기 싫
어해서 사진이 몇 장 안 되는데, 그나마 얼굴이 크게 나온
건 네 졸업식 사진이네. 영정 사진으로 이거 써도 괜찮을
까?"

"응."

"이날 우리 엄마 정말 좋았구나. 이렇게 웃는 사람이 아닌

데. 가장 좋았던 날이 마지막 사진이 되어서 다행이네."

이모는 먹먹한 얼굴로 사진을 한참 들여다봤다. 내 졸업식 날 할머니가 웃고 있는 줄 몰랐다. 그날 할머니는 사진을 찍을 때 나보고 자꾸 상장을 올려 들라고 했다. 한번도 해라 마라 하지 않던 할머니의 채근에 나는 긴장해서 몸이 굳어 있었다.

그날 정말 할머니는 좋았을까? 광대가 도드라지고, 눈이 물결무늬가 되어 있는 할머니 얼굴은 낯설었지만, 볼우물을 만들며 위로 살짝 올라간 입꼬리나 눈꼬리에서 관자놀이까지 퍼져 나간 잔주름 모두 자연스러웠다. 내가 없었다면 할머니는 저렇게 잘 웃는 사람이 아니었을까. 할머니 옆에서 흔적도 없이 지워진 나는 본래 존재하지 말았어야 하는 존재였……는 것을 사람들은 자꾸 상기시켰다.

아침부터 달려온 친척들 중 내 존재를 아는 사람들은 하나같이 나를 가리켜 그 손녀라고 말했다. 할머니와 오랫동안 왕래하지 않았던 할머니의 늙은 오빠들은 그 손녀를 힐긋 보고는 군기침을 했고, 할아버지 제사 때 몇 번 오다가 발길을 끊었다는 할머니 큰시누이는 그 손녀를 굳이 불러 자기 딸에게 인사시켰다.

"얘가 그 손녀야."

'그 손녀'는 측은함, 거북함, 미심쩍음, 남부끄러움 따위의 복잡한 감정 모듈로 만들어진 바코드형 꼬리표다. 바코드에 물품 정보가 담겨 있듯이 내 바코드에도 내 고유성이 저장되어 있다. 내가 키가 크고, 목소리가 굵어지고, 쌍꺼풀이 생겼어도 내 고유성은 일곱 살 때 그대로다. 외삼촌과 외숙모는 내 바코드를 사람들이 읽어 낼까 봐 꺼려했다. 내가 그들의 완벽한 바코드에 흠을 남기게 될까 봐 전전긍긍했다. 외삼촌은 사람들 앞에서 나한테 말을 걸지 않았고, 점심때가 되어서야 나타난 외숙모는 음식 나르는 나를 보고는 미간을 찌푸렸다.

"문희야, 음식 안 날라도 돼. 상조에서 나온 사람들이 하게 놔두고, 너는 방에 들어가서 좀 쉬어. 우리 재경이하고 재민이는 학기 중이라 못 왔는데, 너 혼자 손주 노릇하느라 애쓰지 않아도 돼."

외숙모는 부드럽게 말했지만, 끝말은 단호하게 맺었다. 영국에서 공부하는 재경이 언니와 재민이 오빠는 학기 중이 아니더라도 아마 오지 않았을 것이다. '그 손녀' 때문이다. 외삼촌과 외숙모는 내가 할머니 집에서 살기 시작한 그해

추석에 아들이 문희 엄마는 어디 있냐고 묻자 난감한 표정을 짓다가 그 뒤로 다시는 자식들을 할머니 집으로 데려오지 않았다. 이듬해에 홍콩으로 이사 갈 때도 외삼촌과 외숙모만 잠깐 들렀다. 재경이 언니와 재민이 오빠는 홍콩에 가고 나서 두 번 크리스마스카드를 보냈다. 내가 태어나서 처음 받은 크리스마스카드는 펼치면 알록달록 치장한 크리스마스트리가 불쑥 튀어나왔다. 트리 아래에는 '할머니, 문희 모두 보고 싶어요.'라고 쓰여 있었다. 다음 해에 보낸 카드는 펼치면 캐럴송이 흘러나왔다.

리틀 베이비, 파 라파팜팜 람팜팜팜 문희야, 학교 잘 다니고 람팜팜팜 람팜팜팜 공부 열심히 해서 훌륭한 사람이 돼. 람팜팜팜.

나는 오랫동안 그 카드를 펼쳐 캐럴송을 들으면서 카드에 적힌 글을 읽었다. 하도 들어서 망가진 카드는 내가 보내지 못한 크리스마스카드와 함께 아직 책상 서랍 안에 있다. 그때 답장을 못 보낸 건 영어로 주소를 쓸 수 없었기 때문이다. 할머니는 영어를 쓸 수 없었고, 이모는 설날에나 집에 왔다.

모두 '그 손녀' 때문에 자신의 어머니 곁에서 떠났다. 그들은 어머니가 떠난 뒤에야 돌아왔다. 만일 할머니가 살아 있었다면, 크리스마스이브라고 해서 할머니를 찾아오지 않았을 것이다.

입관하기 전 마지막 인사를 할 때 이모는 할머니 얼굴을 쓰다듬으면서 울었다. 외삼촌과 외숙모도 눈물을 보였다. 나는 울 수 없었다. 가슴이 눈물로 가득 차서 터질 것 같았는데, 눈물이 나오지 않았다.

입관식이 끝나고 상복으로 갈아입은 뒤 나는 외숙모가 하라는 대로 누구의 눈에도 띄지 않도록 조문실 옆에 딸린 방에서 꼼짝하지 않았다. 이모는 방에 들어왔다가 내 머리를 쓰다듬고 나갔다.

"그래, 눈 좀 붙여. 계속 못 잤잖아."

나는 벽에 등을 기대고 눈을 감았다. 보지 않으니 보이지 않는 기억이 더 또렷해졌다. 할머니가 차려 준 마지막 아침 밥상. 송송 썬 파를 넣은 뽀얀 곰국하고 김치를 내놓은 할머니는 여느 아침과 마찬가지로 머리를 분홍색 헤어롤로 팽팽하게 말고는 내 건너편에 앉아 있었다.

"정육점에서 이번 사골이 좋다고 하더니 국물이 아주 잘 우러났어. 할머니가 김치냉장고에 넣어 놓을 테니까 저녁에도 국물 데워 먹어."

나는 할머니와의 마지막 시간을 되감아 봤지만, 특별할
게 없었다. 11년 동안 수없이 반복된 아침. 아침을 먹으면서
저녁에는 뭘 먹을지 얘기하는 평범한 아침이었다. 이제 그
평범함이 특별함이 되어 버렸다. 아니다. 할머니와 지낸 11년
이 모두 특별한 시간이었다. 이제 할머니가 밤새 부엌을 들
락거리면서 고아 낸 곰국을 먹을 수 있는 특별한 아침은 이
행성에서 사라졌다.

방문 틈으로 육개장 냄새가 스며들었다. 어처구니없게도
배가 고팠다. 이런 상황에서도 허기를 느끼는 내 자신이 부
끄러워서 무릎 사이에 얼굴을 박고 있었다. 아마도 그러다
까무룩 잠이 들었는지 모른다. 느닷없이 방 안으로 튀어 들
어온 목소리에 놀라 고개를 드니 김희숙 씨가 문틈으로 얼
굴을 들이밀고 서 있었다.

"여기 있었네. 안 보여서 찾았는데, 울고 있었어?"

김희숙 씨는 나와 눈이 마주치자 거리낌 없이 방으로 들
어와 내 손목을 잡았다.

"너무 울면 할머니가 훌훌 털고 못 가셔. 이리 나와 밥도
먹고 그래. 밥 안 먹었지?"

"아니, 괜찮아요."

운 게 아니라 졸았던 나는 민망해서 잡힌 손목을 빼내려 했지만, 김희숙 씨는 손아귀에 더 힘을 줬다.

"괜찮긴, 어른들은 상주 노릇하면서도 손님들 상머리에서 뭐라도 집어 먹는데, 애들은 안 챙기면 굶기 십상이야. 내가 열 살 때 우리 엄마가 돌아가셨거든. 엄마가 없으니 애들 밥을 누가 챙겨. 아버지란 인간은 사흘 내내 술에 절어 있고, 그때 엄마 죽은 것보다 배고픈 게 더 서럽더라고. 그나저나 영심이 언니는 자식들 생각해서 장례도 하루 짧게 지내게 하네. 어젯밤에 돌아가셨으니, 내일이 발인이잖아. 장지는 어디야?"

김희숙 씨는 쉬지 않고 말하면서 내 손목을 꽉 잡은 채 외숙모가 그어 놓은 금을 훌쩍 뛰어넘었다. 육개장 냄새가 나는 접객실에는 조문객이 띄엄띄엄 상을 차지하고 있었다. 김희숙 씨는 음식이 차려져 있는 상에 나를 앉히고서야 잡고 있던 손목을 풀었다. 내 앞에는 김이 모락모락 올라오는 육개장과 밥 한 공기가 놓였다.

"어서 먹어. 영심 언니는 손녀딸 입에 밥 들어가는 게 제일 좋다고 하는 사람 아냐. 예전에 영심 언니 함바집도 하고, 백반집도 했다면서? 언니 음식 솜씨가 참 좋았지. 나도 반찬 많이 얻어먹었어. 그렇게 할머니 밥 먹고 살다가 이제 어쩌면 좋아?"

김희숙 씨는 울먹이는가 싶더니 이내 눈물을 뚝뚝 흘렸다. 나는 어떻게 해야 할지 몰라서 흰 비닐 상보를 손톱으로 뜯적댔다.

"뭐 해? 어서 먹어. 사람들 눈치 볼 것 없어. 상주가 잘 먹고 버텨야 고인을 잘 보내 드릴 수 있어."

김희숙 씨는 눈물을 손바닥으로 쓱 닦고는 숟가락하고 젓가락을 내 앞에 밀어 놓았다. 김희숙 씨 목소리가 금방 밝아졌다. 전등 스위치를 껐다 켰다 하는 것처럼 김희숙 씨는 어둠과 밝음을 힘들이지 않고 넘나들었다.

"여기 육개장 맛이 괜찮아. 가오리무침도 맛있고, 떡도 맛있어. 국에 밥 말아서 퍽퍽 먹어. 내일 새벽에 발인하면 아침 먹기 힘들어. 지금 든든히 먹어야 내일까지 버티지."

나는 마지못해 숟가락을 들었다. 막상 음식을 보니 허기가 수그러들었다. 그래도 김희숙 씨가 빤히 보고 있어서 육개장에 밥을 말아서 입에 떠 넣었다. 깔끄러운 밥알이 입에 들어가고서야 혓바늘이 돋았다는 걸 알았다. 한 숟가락 한 숟가락이 고통스러웠다. 김희숙 씨는 가오리무침을 내 앞으로 당겨 놓았다.

"아니, 아까 관리 사무실 사람들 왔는데, 보상 얘기는 꺼내지도 않고 가지 뭐야. 일하다가 이렇게 됐는데 산재 보상을 해 줘야지. 산재가 뭔지 알지? 학교에서 배웠지? 공부를 아주 잘한다며, 언니가 손녀 자랑을 많이 했어."

"산재가 뭔지 알아요."

"외삼촌하고 얘기를 해야 할 것 같은데, 외삼촌한테 나 좀 잠깐 보자고 해."

나는 아까부터 외삼촌과 외숙모가 앉아 있는 자리를 슬쩍슬쩍 넘겨다봤다. 둘은 양복을 입은 사람들이 예닐곱 앉아 있는 상 모서리에 나란히 있었다. 외삼촌이 예전에 다닌 회사 사람이거나 친구들 같았다. 외삼촌은 그들에게 꽤 심각한 얼굴로 뭔가 얘기하고 있었다. 어렴풋이 들리는 외삼촌 말의 주어는 '우리 어머니'인 것 같았다. 홍콩에 간 뒤로 외삼촌은 명절 때나 할머니 생신 때 전화만 했을 뿐 집에 오지 않았다. 외삼촌이 말하는 우리 어머니는 버스를 타도 학생들이 자리를 양보하지 않을 아주머니일 것이다. 한 달에 한 번은 머리를 염색해야 하고, 미간에 굵은 주름이 패고,

관절염 약을 먹어야 하는, 하루하루 나이 들어 가는 할머니를 외삼촌은 알지 못한다. 어쩌면 할머니가 청소 일을 했다는 것도 이번에 알았는지 모른다.

"이모한테 말씀하셔도 될 것 같아요. 할머니 일은 이모가 더 잘 아니까요."

"아, 그래?"

김희숙 씨는 목을 길게 빼고 두리번거리다가 친구들하고 앉아 있는 이모와 눈이 마주치자 오라고 손짓을 했다. 이모는 바로 우리 쪽으로 와서 허리를 살짝 굽히고 물었다.

"뭐 필요한 거 있으세요? 음료수 좀 갖다드릴까요?"

"아니, 나는 많이 먹었어요. 이리 좀 앉아 봐요."

김희숙 씨는 이모의 팔목을 잡아당겨 자기 옆에 앉혔다. 이모는 앉으면서 나를 보고 어색하게 웃었다.

"희야, 음료수 갖다 먹어. 밥 많이 먹었어?"

내가 대답하기 전에 김희숙 씨가 재빠르게 말을 가로챘다.

"아니, 방에서 혼자 울고 있어서 내가 데려와 밥 먹였지. 그러게 애들은 알뜰하게 챙기는 부모가 없으면 천덕꾸러기야."

이모가 얼굴을 찡그렸지만, 김희숙 씨는 개의치 않고 곧바

로 본론으로 들어갔다. 나는 천덕꾸러기라는 말을 속으로
되뇌었다. 우리 옆집에 사는 박성자 할머니한테 천덕꾸러기
라는 말을 처음 들었을 때 그 말이 장난꾸러기와 비슷한 말
인 줄 알았다. 그런데 할머니가 버럭 화를 내는 바람에 장난
꾸러기보다 더 심한 장난꾸러기구나 지레짐작하고는 생각
했다. 할머니하고 살려면 천덕꾸러기는 되지 말아야겠구나.
장난꾸러기는 내 행위에서 비롯되지만, 천덕꾸러기는 내 행
위와 상관없이 규정되는 말이라는 것을 모르던 시절 얘기
다.

"이모, 음료수 가져올게."

천덕꾸러기는 빈 밥공기와 국그릇을 들고 일어났다. 주방
에서 일하는 아주머니 하나가 내 손에 들려 있는 빈 그릇을
재빠르게 받아 치우면서 말했다.

"돌아가신 분이 여기 토박이라는 것 같은데, 손님이 많지
않네. 크리스마스이브라 그런가? 그런데 할머니 자식이 몇
이야? 친손주들은 영국에서 공부하느라 못 왔다며? 학생은
저 사람 딸이야?"

아주머니가 이모를 가리켰다. 나는 아주머니 호기심에 태
연히 고개를 끄덕였다. 내가 이모의 딸이면 아주머니는 앞

치마를 풀고 나가면서 이곳에 대한 기억을 말끔하게 지우겠지만, 만일 내가 솔직하게 '저 분은 제 이모입니다만'이라고 하면 자식 하나가 끝까지 나타나지 않은 명성병원 장례식장 3호실을 크리스마스이브 때마다 떠올릴 것이다. 어쩌면 이미 아주머니는 내 바코드를 읽어 냈고, 이 집안의 결손을 알아챘는지 모른다. 그랬다면 온종일 일하면서 틈틈이 결손을 소재로 한 뻔한 시나리오를 이미 만들었을 것이다. 이 세상에 완전한 것은 없는데도 굳이 결손이란 낱말을 만들어 낸 종족은 결손을 귀신같이 알아챈다. 이 종족에게 결손은 작은 구멍이 아니라 모든 것을 빨아들이는 블랙홀이다.

"학생 엄마 몇 살이야?"

역시 아주머니는 내 답을 듣고도 호기심을 거두지 않았다. 나는 못 들은 척 뒤돌아섰다. 아주머니 시선이 내 뒤통수에 끈질기게 달라붙어 있는 것이 느껴졌다. 나는 신발장에서 운동화를 꺼내 서둘러 발에 꿰고는 밖으로 나왔다.

복도에는 근조 화환이 늘어서 있어서 걸음을 뗄 때마다 눅눅한 꽃 냄새가 뭉글뭉글 올라왔다. 무덤 속 도용처럼 지하 장례식장 각 방 앞에는 근조 화환이 빽빽하게 서 있었다. 화환이 없는 곳은 5호실뿐이었다. 5호실에서는 서러운 통곡

소리와 날카로운 울음소리가 복도까지 흘러나왔다. 도무지 납득할 수 없는 죽음, 조화를 세워 죽음을 애도할 여유조차 없는 죽음이 그곳에 있었다. 5호실 앞에 있는 스크린에 걸린 이름은 이진형이었다. 겨우 열일곱이래. 파란패딩이 한 말이 떠올랐다. 열일곱 살의 죽음은 살아 내지 못하는 세월만큼 슬픈 것인지 모른다. 5호실에서 울먹이며 나오던 남자아이는 나와 눈이 마주치자 고개를 돌렸다. 나는 빨리 그 앞을 지나쳤다.

지상에는 차가운 바람이 휘몰아치면서 눈이 날리고 있었다. 사람들이 해마다 간절히 바라는 눈 내리는 크리스마스이브였다. 길 건너편 교회의 뾰족한 종탑에 드리워진 색색의 전구가 감실거렸다. 할머니는 12월이 되면 으레 다락에 있는 오래된 크리스마스트리를 꺼냈다. 우리는 가지를 층층이 펼치면 나무가 되는 인조 트리에 빨간색, 초록색, 은색 구슬을 매달고, 8단계로 점멸하는 전구를 늘어뜨렸다. 마지막으로 전구의 코드를 콘센트에 꽂아 불이 깜박이면 할머니는 생전 처음 전구 불빛을 보는 것처럼 한참 동안 바라보다가 물었다.

"우리 문희, 올해 크리스마스 선물은 뭐 받고 싶어?"

나는 단 한 번도 대답하지 않았지만, 크리스마스 아침에 내 머리맡에는 어김없이 선물이 놓여 있었다. 크리스마스 트리의 초록색 종이 잎이 돌돌 말리거나 떨어져 나가 볼품 없어진 뒤로 더는 크리스마스트리를 마루에 세워 놓지 않았어도 할머니는 꼭 크리스마스 선물을 챙겼다. 작년에 받은 선물은 최신형 노트북이었다. 너무 과하다고 생각했는데…… 올해 크리스마스 선물에 비하면 약소했다.

영원한 이별…….

할머니는 이렇게 가혹한 선물을 주게 될지 몰랐을 테고, 나는 이토록 슬픈 선물이 준비되어 있을 줄 짐작도 못 했다.

나는 키 작은 향나무를 듬성듬성 심어 놓은 화단 시멘트 난간에 엉덩이를 걸쳤다. 상복을 입은 남자들이 어둠 속으로 흩어져서 담배를 피웠다. 쓰레기통 앞에서 통화 중인 젊은 남자가 나를 곁눈질했다. 남자는 발끝으로 바닥에 낙서를 하듯 헤적거렸다.

"아, 진짜 나 들어가 말아? 우리 사장 말이 걔가 오토바이를 훔쳐서 타고 나갔다가 사고가 났다는 거야. 뺑소니차는 잡았대. 바로 잡혔나 봐. 요새 CCTV가 있는데, 도망치는 놈이 멍청한 거지. 아무튼 걔가 오토바이를 몰래 타고 그럴 애가 아닌데……. 딱 보면 알지, 걔가 그렇게 막가는 애가 아니라니까. 홀 서빙 알바도 처음이라고 하더라고. 오토바이는 탈 줄 알아. 전에도 한번 가까운 데 배달을 갔다고 해서 내가 하지 말라고 했거든. 이번에도 딱 보면 사장이 배달시킨 거 같은데 아니라고 하는 거야. 걔 오토바이 면허증도 없어. 열일곱 살인데, 면허 안 땄지."

열일곱 살. 나는 까만 패딩 안에 흰 와이셔츠를 입은 남자를 유심히 보면서 원조왕족발 가게 앞을 지날 때 몇 번 본 적이 있는 오토바이 배달 아르바이트생을 떠올렸다. 얼굴은 기억나지 않지만, 전화 통화를 하는 모습은 어쩐지 낯설지 않았다.

"몰라, 사장이 아니라는데 내가 뭐래. 근데 진짜 찝찝하잖아. 어떡하냐, 나 들어가 말아?"

남자는 목소리가 커졌다가 내가 보고 있는 것을 의식했는지 얼른 목소리를 낮추면서 장례식장 안으로 들어갔다. 나는 남자의 말을 되짚어 보다가 퍼뜩 생각났다. 이진형, 오토바이를 훔쳐 타다가 사고가 났다는 열일곱 살을 나는 본 적이 있다. 족발 가게 밖에 있는 솥에서 족발을 꺼내던 아이, 티셔츠 소매를 팔뚝까지 걷어 올린 아이 손목에 채워져 있던 노란 실팔찌.

그 아이는 오토바이를 훔쳐 타고 어디를 가려던 걸까? 나는 눈발이 점점 거세지는 까만 하늘을 올려다보면서 중얼대다가 외삼촌과 외숙모가 손님들을 따라 밖으로 나오는 걸보고는 벌떡 일어났다. 둘은 손님들이 주차장으로 가는 걸지켜봤다. 그들이 멀어지자 외숙모 목소리가 들렸다.

"어머니 동료라는 분이 산재 보상 얘기를 하는데, 그런 거하면 시끄럽지 않겠어? 과로사 인정받기가 쉽겠어? 괜히 어머니가 빌딩 청소하셨다는 거만 주변 사람들한테 알리는 꼴이지."

"그만해. 내가 알아서 해."

눈이 내리면 눈의 입자 틈에 소리가 흡수되어 소리가 잘안 들린다지만, 둘의 목소리는 굵은 눈송이를 뚫고 너무 또렷하게 들렸다. 외삼촌은 외숙모를 들여보낸 뒤 담배를 입에물었다. 나는 슬그머니 자리를 벗어나 병원 쪽으로 걸어갔다. 눈을 쏟아붓는 하늘은 더 낮게 가라앉았다. 하늘과 땅의 경계가 흐릿해지고 있었다. 아기 예수 파 람팜팜, 헐벗은 내게도 파 람팜팜.

일 탈

이모는 내 이름을 지어 줬고, 내 돌잔치 때 외갓집 식구 중에 유일하게 초대받았다고 했다. 이모가 갖고 있는 돌잔치 사진 속에는 한복 입은 아기를 안고 환하게 웃는 앳된 이모가 있다. 내가 돌상에서 연필을 잡았다는 것을 기억할 리 없듯이, 내 기억 속에는 잘 웃는 소녀 같은 이모도 없다.

이모는 내가 할머니 집에 온 뒤로 마지막 주 토요일 아침에 어김없이 대문을 열고 들어섰는데, 늘 눈이 퀭하고 얼굴이 까칠했다. 초등학교에 다니는 동안 나는 이모가 올 시각에 맞춰 옷을 차려입고 마루 끝에 앉아 있다가 희야 하고 부르는 소리에 쏜살같이 대문 밖으로 달려 나갔다.

이모는 나를 차에 태워 놀이공원, 수목원, 고궁 박물관 같은 곳에 데려갔는데, 한번도 겹치지 않았다. 이모는 21세기에 대한민국에서 자라나는 아이라면 꼭 가야 하는 곳의 리스트를 짜서 하나씩 지워 나가기로 작정한 가이드 같았다. 일주일 내내 야근한다는 이모는 박물관이나 극장에서 엉덩이를 붙이고 앉으면 으레 꾸벅꾸벅 졸았다. 나는 초등학교 졸업식 날 이모에게 말했다.

"이모, 이제 됐어. 하루라도 집에서 푹 자."

그 무렵 이모는 너무 말라서 할머니 말대로 꼬챙이 같았다. 이모는 내 가이드 역할을 졸업한 뒤에 한 달 내내 야근하고도 월급은 쥐꼬리만큼 주는 회사를 그만두고 속초로 가서 작은 카페를 열었다. 이모는 바다 냄새를 맡으면서 살이 좀 붙었는데, 살만 오른 게 아니라 소금기 있는 바닷바람에 더 단단해진 것 같았다.

이모는 발인 날 새벽에 외할아버지 산소가 있는 선산에 할머니를 모셔야 한다고 고집하는 집안 어르신들에게 낮은 목소리로 말했다.

"왜요? 우리 엄마 재혼한 사람이라 아버지 옆에 나란히 묻히는 것도 아니잖아요. 우리 엄마 살아서 아버지한테고 문씨 집안에고 할 만큼 했으니까 이제 그만 놔주세요."

이모는 버릇없다고 소리치는 노인들을 운구차에 태우지

않았다. 관을 운구차로 옮길 때 할머니 자식들보다 더 큰 소리로 운 노인들은 차 문 앞을 가로막은 이모를 보고는 얼굴이 벌겋게 되도록 화를 냈지만, 이모는 아랑곳없이 의연했다.

"장례식에 함께해 주셔서 감사합니다. 그런데 우리 엄마는 저희가 알아서 좋은 곳에 모시겠습니다."

외삼촌은 고개를 푹 숙인 채 아무 말도 하지 않는 걸로 동생 편을 들어줬다. 결국 운구차에는 외삼촌, 외숙모, 이모, 나만 올라타서 맨 앞자리에 나란히 앉았다. 차가 출발하자마자 외삼촌은 누군가에게 전화를 걸어 정중하게 말했다.

"죄송합니다. 워낙에 저희도 갑작스러워서요. 연락드리겠습니다. 조심히 살펴 가세요."

외삼촌은 전화를 끊고는 건너편에 앉은 이모를 넘겨다봤다. 이모는 앞만 뚫어져라 바라보면서 말했다.

"오늘 화장하고, 집으로 모셨다가 수목장에 모실 거예요. 우리 엄마 너무 느닷없이 가셨잖아. 평생 산 집 한번 둘러보지도 못하고……."

목이 멘 이모는 말을 잇지 못했다. 외삼촌도 외숙모도 대꾸하지 않았다. 이모는 의자 등받이에 머리를 기대고 눈을 감았다. 나는 커튼을 쳐서 이모 얼굴에 드리워진 아침 햇살을 걷어 냈다. 운구차는 도심지를 빠져나와 눈을 뒤집어 쓴 산이 멀리 보이는 외곽도로를 달렸다.

승화원은 눈 덮인 산 중턱에 있었다. 입구에서부터 눈 쌓인 가지를 늘어뜨리고 있는 가로수가 양옆으로 서 있는 풍경은 할머니가 자주 하던 말처럼 '물색없이' 아름다웠다. 외숙모는 자기도 모르게 탄성을 내뱉었다가 중얼거렸다.

"어머니 가시는 길이 참 곱네."

가슴이 시렸다. 차를 타고 오는 내내 차창 밖 고요한 설경을 보면서 겨울 여행을 떠올렸다. 재작년 겨울에 이모는 너희 둘이서나 다녀오라는 할머니를 억지로 끌고 나와 차에 태우고는 한계령까지 달렸다. 이모는 산을 하얗게 뒤덮은 눈이 가루처럼 흩날리는 한계령 휴게소에 차를 세우고는 말했다.

"엄마, 눈 좋아하잖아. 이제 이런 데도 좀 다니면서 살아."

그 겨울 여행이 우리 셋의 첫 여행이었고, 마지막 여행이 되었다.

운구차가 건물 현관 앞까지 올라가 정차하자 이모가 먼저 내렸다. 얼마 뒤 이모는 검은 양복을 입은 남자들과 돌아왔다. 이모는 차 안에 대고 조용히 말했다.

"바로 시간이 되네요. 내려오세요."

나는 무슨 시간이 된다고 하는지 모른 채 외삼촌과 외숙
모를 뒤따라 차에서 내렸다. 양복을 입은 남자들이 운구차
아래 문을 열어 관을 꺼냈다. 외숙모 입에서 울음이 새어 나
왔다. 울음이 터져 나오는 걸 참느라 얼굴이 빨갛게 달아오
른 이모는 소리 없이 눈물만 흘렸다. 남자들이 움직이자 외
삼촌은 영정 사진을 들고 그들 앞에 섰다. 운구하는 이들은
한 걸음 한 걸음 조심스럽게 걸음을 떼며 건물 안으로 들어
갔다. 천장이 높은 건물 안은 울음과 찬송가 소리가 뒤엉켜
맴돌았다. 건물에 들어서는 순간 나는 멈칫했다. 바로 시간
이 된다는 말, 그 시간이 어떤 시간인지 그제야 알았다. 발
이 떨어지지 않았다. 옆에 있던 이모가 차가운 손을 뻗어 내
손을 슬쩍 잡았다가 놓았다.

"희야, 너는 대기실에서 기다려. 2층 11번 방이야."

내가 머뭇대자 이모가 등을 살짝 밀었다. 나는 운구 행렬
밖으로 물러서 이모의 까만 치맛자락이 내 눈앞에서 점점
멀어지는 것만 바라봤다. 그들의 걸음이 멈춘 곳이 어디인
지 생각하고 싶지 않았다.

2층 11번 방은 단출했다. 긴 의자가 놓여 있고, 벽에는 스크린 하나만 달랑 걸려 있었다. 스크린에는 각 방 번호가 뜨면서 진행 중, 냉각 중, 완료라는 글씨가 나왔다. 처음에는 스크린에 뜬 깜박이는 글씨가 무엇을 뜻하는지 몰랐다. 뭘 진행한다는 건지, 냉각은 뭔지, 완료가 되면? 나는 의자에 앉아서 멍하니 스크린을 보다가 눈을 질끈 감았다. 이렇게 한 사람의 죽음이 명료하게 정리가 될 줄은 몰랐다. 그리고 그것을 두 눈 뜨고 태연히 지켜보게 될 줄도 몰랐다. 나는 11번 방에 진행 중이 떴을 때 대기실에서 튀어나왔다. 할머니의 마지막을 지켜볼 자신이 없었다. 이 건물 밖으로 아주 멀리 도망치고 싶었다. 이 혹독한 시간을 건너뛰어서 늙어버렸으면, 아프리카 평원에 서 있는 나무였으면, 사막을 경중경중 뛰어다니는 사하라은개미였으면, 우주로 날아가 폭발하는 별과 함께 산화했으면, 나도 그때 죽었으면. 계단을 내려오는 동안 온갖 생각이 휘몰아쳤다.

소용돌이치던 내 머릿속은 누군가의 이름을 간절히 부르는 목소리와 울음소리에 뚝 끊겼다. 출입구에서 들리는 소리였다. 언뜻 보면 운구차에서 막 관을 꺼내 든 사람들과 관을 붙잡고 매달리는 사람들이 싸우는 것 같았다. 하지만 그건 악다구니가 아니라 처절한 절규였다. 관을 두 팔로 부여잡고 울부짖던 아주머니는 바닥에 주저앉는가 싶더니 힘없이 뒤로 넘어갔다. 울음은 비명으로 바뀌고, 엄마를 외치는 소리와 얼른 차를 가져오라고 소리치는 거친 목소리가 뒤섞였다. 남자 하나가 쓰러진 아주머니를 업고 어딘가로 뛰어간 뒤 남은 상주들은 천천히 건물 안으로 이동하는 운구 행렬 뒤를 따랐다. 모두 어깨를 들썩이며 흐느껴 울었다. 운구 행렬 앞에 영정 사진을 든 젊은 남자는 눈물을 뚝뚝 흘렸다. 나는 영정 사진 속 교복 입은 남자아이의 얼굴을 단박에 알아봤다. 파란패딩이 알려 준 이름 이진형. 족발 가게 이름이 박힌 앞치마를 두르고 있던 그 아이 모습이 선명하게 떠올랐다. 말 한번 나눈 적 없지만, 아니 그 아이는 가게 앞을 지나다니는 내 존재를 알 리 없지만, 나는 그를 안다. 그의 이름을 알기 전부터 나는 그를 알고 있었다.

나는 어린 망자 뒤를 따라가는 사람들을 눈으로 좇다가 파란패딩과 눈이 마주쳤다. 그저께처럼 교복 위에 파란 패딩을 입은 아이는 운구 행렬 맨 뒤에서 머뭇대며 선뜻 건물 안으로 따라 들어오지 못하고 있었다. 눈이 통통 부은 파란패딩은 나를 보고는 놀라면서 손을 살짝 올렸다가 내렸다. 나는 느릿느릿 출입구 쪽으로 걸어갔다. 파란패딩은 내가 다가서자 얼른 내 손을 밖으로 잡아끌었다.

"여기 있었구나. 그러지 않아도 궁금했어. 할머니 모시고 온 거야?"

"응."

나는 대답하면서 파란패딩 등에 매달려 있는 묵직한 가방을 봤다. 파란패딩은 어깨를 들썩여 가방을 추어올렸다.

"엄마한테 학원에 자습하러 간다고 했거든. 어제는 학원으로 엄마가 데리러 와서 못 빠져나왔어. 아침에 병원 가서 장례식장이 어디냐고 물었지. 나 그 병원에 어릴 적부터 다녔는데, 바로 옆에 장례식장이 있는 줄은 몰랐어. 나와 무관하다고 생각해서 안 보였나 봐."

"그런데 왜 여기까지 왔어?"

"그게 장례식장에 가 보니까 아무도 없는 거야. 발인을 한다고 해서 나와서 보니까 모두 버스에 타고 있더라고. 이진형 식구들은 내가 친구인 줄 알고는 와 줘서 고맙다고 하시는 거야. 그래서 얼결에 여기까지 따라오긴 했는데, 안에 들어가는 건 겁도 나고 너무 슬퍼서……. 너를 만나서 정말 다행이다. 어떻게 해야 할지 몰랐거든."

"나도."

"응?"

파란패딩은 코를 훌쩍이면서 나를 빤히 봤다. 상주가 어쩌다 여기까지 오게 된 자신과 같은 처지라고 하니까 이상한 모양이었다.

"여기 있기가 힘들어. 화장을 지켜보는 건……."

파란패딩이 내 팔을 슬쩍 잡았다.

"정말 그렇겠다. 그런데 화장은 오래 걸려?"

"모르겠어."

65년을 산 할머니가 한 줌의 가루로 변하는 시간, 그 시간을 가늠하면서 기다리는 것은 정말 끔찍했다.

"집에 갈까 봐."

장례식을 치르는 내내 집에 가고 싶은 마음이 간절했지만, 입으로 튀어나올 줄은 몰랐다. 숲에서 밀려들어 온 차가운 바람이 발목을 휘감았다. 나는 바람에 부풀어 오르는 상복 치마를 쓸어내리면서 하늘을 올려다봤다. 바람이 불 때마다 나뭇가지를 감싸고 있던 눈가루가 반짝이며 흩어졌다. 눈으로 뒤덮인 크리스마스는 평화롭고 고요했다. 할머니가 돌아가시지 않았다면 오늘 아침 나는 곰국에 밥을 말아 먹고, 일 나간 할머니를 기다리면서 종일 책상 앞에 앉아 있었을 것이다. 지금 집으로 돌아가면 다시 그 일상으로 되돌아갈 것만 같았다.

"부모님께 얘기하고 집에 가면 안 돼?"

"응?"

"나는 우리 친할머니 돌아가셨을 때 장례식장만 잠깐 갔었어. 시험 때였거든. 장례식장에서 우리 엄마, 아빠 나보고 뭐라고 그랬는 줄 알아? 할머니 생각해서 시험 잘 보라고. 내가 시험 잘 봐야 할머니가 웃으면서 천국 가신다는 거야. 사실 그 말이 아예 틀린 건 아니야. 우리 할머니 자식들 교육시키려고 대치동으로 이사한 사람이니까. 너는 할머니하고 친했어?"

"친해?"

"나는 우리 할머니 별로 안 좋아했어. 학벌로 사람 등급 매기는 부류였거든. 손주들 중에 내가 제일 떨어져서 할머니도 나를 별로 안 예뻐했어. 그래서 돌아가셨을 때 눈물도 안 나더라."

파란패딩이 눈물 자국 없는 내 얼굴을 빤히 봤다. 너도 울지 않았구나, 파란패딩은 내게 동질감을 느끼는 것 같았다.

나는 오르막길을 오르고 있는 운구차를 보면서 중얼거렸다.

"나한테는 할머니밖에 없었어."

"예뻐하셨구나. 그럼 집에 가기 좀 그렇겠다."

파란패딩은 할머니가 내 보호자였다는 말을 엉뚱하게 알아들었다. 나는 아무 말도 하지 않았다. 운구차는 현관에 멈춰 섰고, 우리는 옆으로 얼른 비켜섰다.

"이렇게 죽는 사람이 많은 줄 몰랐어."

파란패딩이 속삭이면서 내 옆에 바짝 붙어 섰다. 내가 걸음을 떼자 파란패딩은 따라 걸었다.

"집에 가려고?"

"아니. 너는 집에 가야지."

"학원 가야지. 우리 엄마 점심시간 맞춰 학원으로 올 거야. 그전에 가야지."

"버스 타고 가면 될 거야. 승화원 앞에 버스 정류장 있어."

"너는 여기 있으려고?"

"응."

나는 집에 가고 싶지만 그럴 수 없었다. 할머니를 여기에 혼자 두고 갈 수 없었다. 집에 할머니가 없다면, 그건 집일 수 없다.

"아무래도 그렇지? 그럼 바람 좀 쐬고 들어가."

파란패딩은 아무렇지 않게 팔짱을 꼈다. 파란패딩의 온기가 팔로 전해졌다.

승화원 안으로 운구차가 끊이지 않고 들어왔다. 파란패딩은 차가 지나갈 때마다 뒤를 돌아보면서 작게 말했다.

"나 죽고 싶은 적 많았는데, 죽음이 뭔지 잘 몰랐던 것 같아."

나는 눈물 자국이 햇빛에 반질거리는 파란패딩의 얼굴을 슬쩍 봤다. 살아 있는 사람은 죽음을 모른다. 죽은 사람도 죽음을 모를 것이다. 결국 삶은 죽음을 모르고 끝난다. 내가 아무 말이 없자 파란패딩은 내 어깨를 툭 치면서 밝은 목소리로 말했다.

"공부하기 힘들어서 다들 그런 생각 한번쯤 하는 거잖아. 나도 그냥 그러는 거야. 다들 그렇잖아."

다들 그러는 건지 나는 모른다. 이렇게 내 또래와 팔짱을 낀 것도, 죽고 싶었다는 속내를 털어놓는 아이도 처음이니까. 그래도 안다. 크리스마스에도 학원에 가야 하는 대한민국 수험생의 절망은 오랫동안 닳고 닳아서 죽고 싶다는 말쯤은 예사로 여긴다는 것을. 초등학교에 입학하면서부터 대학교 정문까지 내달려야 하는 컨베이어 벨트에 올라타는 걸 숙명으로 받아들인 이들은 죽고 싶어도 묵묵히 달린다. 특히나 파란패딩처럼 외국어고등학교 교복을 입었다면 더 가열차게 달려야 할 것이다. 아마도 파란패딩은 생전 처음 측은지심 때문에 용기를 내서 여기까지 왔을 테고, 학원으로 돌아가 책상 앞에 앉으면서 사흘간의 용기를 잊고, 수험생 본연의 모습으로 돌아갈 것이다. 나는 버스 정류장에서 팔짱 낀 팔을 뺐다.

"잘 가."

"벌써 들어가려고? 나 조금 더 같이 있어도 돼."

"점심시간까지 가야 하잖아."

"맞아. 늦지 않게 가야지."

파란패딩은 자신의 일탈을 끝낼 시간이 되었다는 것을 받아들였다. 우리 둘 다 여기까지였다. 파란패딩도, 나도 자신이 있어야 하는 자리로 돌아가야 한다. 파란패딩은 죽도록 공부하더라도 죽지는 않아야 하는 곳으로, 나는 죽음을 받아들여야 하는 곳으로.

파란패딩은 타고 갈 버스 번호를 확인하고는 내 앞에 바짝 얼굴을 들이댔다.

"그런데 이진형 말이야. 알바하는 데서 오토바이를 훔쳐 탔다는 거야. 그래서 그 식당 주인은 장례식장에 오지도 않았대."

버스 정류장에는 우리 둘뿐인데 파란패딩은 주변을 살피며 소곤댔다.

"아까 버스 안에서 개 친구들이 그러더라고. 절대로 그럴 애가 아니라고."

"응?"

"진형이 엄마도 울면서 얘기하시는데, 정말 착한 애였대. 제과제빵과 있는 학교로 편입해서 여기로 이사 온 지 몇 달 안 됐는데, 나중에 유학 가서 제과제빵 배우고 싶다고 아르바이트를 시작한 거래. 여기로 이사 오면서 대학 다니는 누나하고 할머니하고 셋이 살았는데, 밥도 했대. 누나 늦으면 마중도 나가던 애래."

나는 장례식장에서 들은 말이 떠올랐지만, 말하지 않았다. 사람은 알 수 없다. 착한 아이가 오토바이를 훔쳐 달릴 수도 있고, 평범한 사람이 끔찍한 일을 벌일 수도 있다. 나는 정류장을 향해 달려오는 버스를 바라봤다.

"어, 버스 온다. 갈게. 다음에 보자."

파란패딩은 내 어깨를 살짝 치고는 해맑게 웃었다. 우리가 다음에 볼 수 있을까? 그러고 보니 우리는 서로 이름도 몰랐다. 나는 버스에 오르는 파란패딩의 뒷모습을 보다가 뒤돌아섰다.

뿌 리

장례식을 마치고 집으로 돌아온 뒤 이모와 나는 사흘 동안 집에서 꼼짝하지 않고 할머니가 고아 놓은 곰국으로 세끼를 먹었다. 할머니가 그랬듯이 남은 곰국은 냉동실에 얼렸다. 새해 아침에는 그 곰국을 녹여 떡국을 끓여 주던 할머니는 안방 화장대 앞에 오롯이 놓여 있었다. 우리는 안방에서 밥을 먹고, 나란히 누워 잤다. 나는 할머니에 대해 아무것도 얘기하지 않았다. 어떤 말이든 할머니의 부재를 확인하는 거라서 말할 수 없었다. 사흘째 되던 날 밤, 잠을 못 자고 뒤척이던 이모가 나지막하게 말했다.

"우리 엄마 눈은 좋아했어도 겨울은 싫어했잖아. 유난히 추위를 탔어. 그래서 엄동설한에 차가운 땅에 묻는 게 마음에 걸려. 우리 날 좀 풀리면 묻어 드리자. 사십구재 때 나무 아래 묻어 드리자. 봄이 오면 새소리 바람 소리 빗소리 들으시라고 나무 아래 묻어 드리자."

"응."

"괜찮아?"

"응."

나는 어둠 속에서 희부옇게 보이는 할머니 유골함을 바라봤다. 이렇게라도 영원히 할머니가 내 곁에 있길 바랐다. 하지만 평생 마음 놓고 여행 한번 가 보지 못한 할머니를 방구석에 붙잡아 놓을 수는 없었다. 진짜 영혼이 있다면, 그래서 육신에서 벗어나 홀가분하게 어디든 다닐 수 있다면, 봄날 할머니가 이승의 모든 인연을 잊고 나비처럼 너울너울 날아갈 수 있다면.

"희야, 내일은 학교 가야지. 방학식이라면서. 나는 속초에 다녀올게. 집도 내놓고, 카페는 인수하겠다는 사람이 있어서 만나 보려고. 사흘 정도 걸릴 거야. 거기 다 정리하려면 당분간 며칠씩 집을 비울 거야."

"카페 정리하려고? 왜? 이모 바다 보는 거 좋아하잖아."

"그랬지. 그런데 오래 사니까 바다도 하늘 보는 것처럼 무덤덤해지더라. 바다 비린내가 질리기도 하고. 희야, 방학하면 바로 학원 알아봐서 다녀. 이제 고3이잖아. 혼자 공부하기 힘들 거야. 다른 애들은 학원에 과외까지 한다면서. 학종? 그걸로도 대학 간다고 하던데, 그건 잘 관리한 거지?"

내가 대꾸하지 않자 이모는 흐흐흐 김빠지는 소리를 내면서 웃었다.

"나도 별수 없네. 같이 살면 공부하라고 잔소리깨나 하게 생겼어. 그래, 네가 알아서 해. 여태 잘해 왔잖아. 학원에 다녀도 좋고, 배우고 싶은 게 있으면 배워. 혼자 집에만 붙어 있지 말고 돌아다녀."

이모는 바다가 보이는 카페에서 커피를 내리던 문미현에서 열여덟 살 조카의 보호자로 모드 전환을 하려는 것이다.

"이모, 나 정말 괜찮아. 혼자 살아 볼게. 수시 끝나면 아르바이트 해도 돼."

"희야, 고등학교나 졸업하고 천천히 생각하자. 아직은 아니야. 너를 위해서가 아니라, 내가 허전해서 그래. 뿌리가 송두리째 뽑힌 것 같은 기분이 들어. 이상하지? 예전에는 어딘가에 내 뿌리가 있다는 게 성가셨는데, 막상 이렇게 되고 보니까 나를 붙잡고 있던 끈이 뚝 끊어진 느낌이야. 그러니까 너는 내 끈이야. 잠시만 내가 잡고 있을게."

미국 워새치산맥에 있는 5만 그루의 사시나무는 하나의 뿌리에서 뻗어 나왔다. 쑥과 마늘만 먹고 사람이 된 곰의 자손으로서 우리는 한민족이라고 떠드는 것이 픽션이라면, 이건 팩트다. 진짜로 5만 그루는 같은 유전자 정보를 물려받았다. 퍼져 나간다는 뜻인 '판도'라는 별명을 가진 이 거대한 생명체가 뿌리를 뻗쳐 산맥을 장악하는 데 걸린 시간은 8만 년. 악착같이 끈질기게 자신을 복제한 8만 살의 사시나무는 행복할까. 인간의 뿌리는 사시나무 뿌리와 같은 것일까.

이모가 할머니의 복제물이라면 그 여자도 할머니의 복제물이어야 하는데, 그럴 리 없다. 인간은 사시나무처럼 하나의 뿌리에서 뻗어 나가는 것이 아니라 저마다 스스로 뿌리를 내리는 것이다. 반드시 그래야 한다.

나는 아직 뿌리를 내리지 못했다. 아니, 어쩌면 사막을 굴러다니며 살아가는 회전초처럼 평생 뿌리를 못 내릴지도 모른다. 11년 동안 다닌 학교에서도 나는 내내 부유하는 존재라서 담임은 크리스마스 연휴가 끝나고 이틀 동안 학생 하나가 무단결석한 것조차 알아채지 못했다. 반 아이들은 담임한테 1년 내내 교실에서 겉돌던 아이는 오늘도 도서관에 있다고 말한 모양이었다. 나한테 통 관심이 없는 아이들은 으레 내가 학교에 오자마자 도서관으로 간 줄 알았던 거다. 나는 있어도 없는 존재였고, 없어도 있는 존재였다.

방학식이 끝나고 반 아이들은 삼삼오오 짝을 지어 총총히 교실 밖으로 사라졌다. 나는 사물함에 있는 체육복을 챙겨 학교를 나와 여느 때와 마찬가지로 되도록 사람들과 부딪치지 않는 길로 걸었다.

학교 건너편 10단지 아파트 단지를 가로질러 내가 다닌 중학교 뒷길을 걸어 마치 유니폼처럼 똑같은 패딩을 입은 중학생 대여섯이 미끄럼틀 위에 모여서 희희낙락하며 떠들다 낯선 이를 경계하는 눈초리로 훑는 7단지 놀이터를 거쳐 해가 잘 들지 않는 구석진 자리에 희끗희끗 눈이 남아 있는 5단지 앞 공원 한가운데 우뚝 서 있는, 이 동네 아이들이 큰 나무라고 부르는 느티나무 아래를 지나 1단지와 2단지 비탈진 샛길을 오르면 하교 코스 막바지에 이른다. 나는 성당 앞에서 잠시 숨을 돌리며 성당 마당에 홀로 고개를 숙인 마리아 상을 곁눈질하고는 빨간 벽돌담을 따라 담도 마당도 없이 집만 촘촘히 붙어 있는 좁은 골목길로 들어섰다. 올봄에 벽을 모조리 싸구려 불량식품 같은 밝은 민트색으로 칠한 골목 안은 잿빛 아파트 단지와는 다른 세상처럼 찬연했다.

나는 깜장 봉지를 들고 걸어오는 아주머니를 보고는 벽 쪽으로 몸을 붙여 몸이 스치지 않도록 조심했다. 아주머니는 나를 보고는 중얼거렸다.

"날도 추운데……."

그러고 보니 아침에 패딩을 입고 나오지 않았다. 하지만 하나도 춥지 않았다. 나는 재빨리 골목길을 빠져나와 큰길에 서서 심호흡을 하고 걸음을 늦췄다. 차가 간간이 지나가는 도로 양옆으로는 상가 건물이 있지만, 가게는 대개 비어 있다. 이 길의 전성기는 오래전에 끝나서 혹시나 하는 마음으로 가게를 수리해 장사를 시작한 이들은 결국 한두 해를 버티지 못하고 떠났다.

1년 동안 주로 프릴이 달린 블라우스나 원피스를 팔던 '미미옷장'도 몇 달 전에 폐업했다. 아직 간판이 달려 있는 빈 가게 문 앞에는 전단지며 음식점 스티커 따위가 쌓여 있었다. 이 길에서 가장 성업 중인 가게는 속초횟집이었다가 아메리카노가 천 원인 카페로 변신했던 곳에 자리 잡은 속옷 땡처리 가게다. 폐업 세일, 재고 정리, 눈물의 땡처리 현수막을 건 속옷 가게는 2년째 세일을 하고 있다. 할머니는 2주 전에 팔아도 팔아도 재고가 있는 눈물겨운 가게에서 한 벌에 5천 원 하는 내복을 두 벌 사 왔다.

나는 땡처리 가게 앞에서 길을 건너 미래서점으로 갔다. 서점 앞에는 오래돼서 누렇게 뜬 책들이 높게 쌓여 있다. 먼지와 뒤섞인 책 냄새가 배어 있는 서점 안에는 책을 정리하는 서점 주인뿐이었다. 목장갑을 끼고 안쪽 책장 앞에 서 있던 아주머니는 문소리가 나자 뒤를 휙 돌아봤다. 나는 고개를 숙여 인사하고는 문 쪽에 쌓아 놓은 헌 잡지를 빠르게 눈으로 훑었다.

"문희야, 잡지 마음에 드는 거 다 가져가. 우리 다음 달에 문 닫는다. 할머니한테 들었지?"

"네?"

"며칠 전에 할머니가 땡처리에서 내복 사고 들르셨을 때 말씀드렸는데, 못 들었어? 지하철역 앞에 아주 크게 주상복합건물이 들어오잖아. 내년 봄부터 공사 들어간다고 하더라. 이 건물 주인도 역 앞에서 고깃집 하는데, 여기로 옮긴다잖아. 하긴 책보다는 고기지."

서점에 들어와 잡지를 고르면서 나는 까맣게 잊었다. 할머니가 돌아가셨다는 것을. 어떻게 할머니가 돌아가셨다는 것을 한순간이라도 잊을 수 있을까. 나는 허둥지둥 잡지 하나를 골라 서점을 나왔다. 아주머니는 언제든 와서 잡지를 골라 가라고 했다. 나는 그러겠다고 대답했지만, 잡지가 이제 다 무슨 소용이 있나 싶었다. 할머니도 없는데, 내가 읽으면 들어 줄 사람도 없는데…….

나는 곧장 집으로 가지 않고 시장을 한 바퀴 돈 뒤 집 문앞에 섰지만, 대문을 선뜻 열지 못했다. 내가 이 집에 오고 나서 할머니는 대문을 내가 고른 노란색 페인트로 칠했다. 동네에서 노란색 대문은 우리 집뿐이었다. 동네 사람들은 유치원처럼 대문이 이게 뭐냐면서 고개를 내저었지만, 할머니는 신경 쓰지 않았다. 할머니는 나한테 사람들이 어디 사냐고 물으면 구시장 노란 대문 집에 산다고 얘기하라고 일렀다.

노란 대문은 손녀딸이 길을 잃지 않고 집으로 잘 돌아올 수 있도록 켜 놓은 등대의 램프와 같은 거였다. 집에서 할머니가 기다리고 있으니 잘 찾아오라는. 나는 대문을 노랗게 칠한 날 대문 구석에 작게 써 놓은 글씨를 찾았다.

할머니와 문희 집

눈앞이 뿌옇게 흐려졌다.

"학교 갔다 오니?"

나는 익숙한 목소리에 얼른 눈물을 닦고 뒤를 돌아봤다. 앞집에 사는 박성자 할머니가 손에 족발 가게 이름이 박힌 비닐봉지를 들고 내 쪽으로 걸어왔다. 작년에 큰딸이 사 줬다고 자랑한 빨간 패딩을 입은 박성자 할머니의 코끝이 빨갰다.

"아니, 그잖아도 내가 지금 아들네 가서 이걸 가져왔잖아. 너 주려고. 장례식 끝나고 얼굴 좀 보려고 갔더니 집에 아무도 없는 것 같더라고. 그런데 밤에는 불이 켜져 있고. 낮에는 어딜 나갔었나 봐?"

"집에 있었어요."

"혼자? 둘째 딸은 속초 내려갔어?"

"아니요."

"그래? 다행이네. 나는 혼자서 밥도 안 해 먹고 있을까 봐 걱정했어. 나도 이렇게 기가 막힌데, 자식들은 오죽해. 내가 장례식장 갔다 온 뒤로 이 집 대문만 봐도 눈물이 나. 영심이하고는 여기 이사 오면서부터 30년을 식구처럼 지냈는데, 이렇게 훌쩍 떠날 줄 누가 알았겠어. 내가 한 팔이 떨어져 나간 것 같아. 영심이 팔자도 기구하지. 평생 고생만 하고, 자식 때문에 애 끓이다가 호강 한번을 못 해 보고 가네. 문희 너도 바람막이가 없어져서 어쩌냐. 이모하고 삼촌이 있어 봤자 한 치 건너 두 치지. 할머니하고 같겠어? 이제 누굴 의지하고 사냐. 불쌍한 거."

박성자 할머니는 나를 안쓰럽게 보면서 혀를 찼다. 아마 할머니가 있었다면 혀를 차는 박성자 할머니를 그냥 보고만 있지 않았을 것이다. 누가 누굴 불쌍하다고 그래? 사람 함부로 불쌍해하는 거 아냐. 할머니가 핀잔하는 목소리가 들리는 것 같았다. 할머니는 박성자 할머니가 우리 집 일에 일일이 참견하고, 아는 체하는 걸 몹시 싫어했다. 박성자 할머니가 내 손을 잡으려는 듯 손을 뻗는 걸 보고는 나도 모르게 뒤로 한 걸음 물러났다. 박성자 할머니는 아무렇지 않게 손을 거두고는 다른 손에 들려 있던 비닐봉지를 내 앞에 내밀었다.

"지금 막 삶아 낸 거라 뜨끈뜨끈해. 식어도 맛있긴 하지만, 겨울이라 뜨뜻한 게 좋지. 글쎄 우리 아들네는 손님이 자꾸 늘어. 핸드폰으로도 살 수 있게 했더니 눈코 뜰 새 없이 바쁘대. 배달이 그렇게 많다네. 그래서 아예 배달만 하는 사람들을 써서 한대. 하긴 애들 알바 쓰니까 보통 속을 썩여야지. 한 녀석은 식당 오토바이를 훔쳐 타다가 사고가 나서 죽었잖아. 부모 가슴에 못 박고 남한테 피해 주고. 우리 아들이나 되니까 말 않는 거야. 원래는 오토바이도 물어내야지."

"정말 훔쳤대요? 배달한 게 아니고요?"

나도 모르게 말이 튀어나왔다. 박성자 할머니가 정색했다.

"배달은 무슨? 서빙하는 애한테 배달시키겠어? 아무튼 요즘 것들은 겁이 없어. 저 하나 죽으면 괜찮은데, 멀쩡한 다른 사람들 피해 주고. 우리 아들도 피해가 얼마나 커. 오토바이도 못 쓰게 되고. 그러게 왜 멋대로 그걸 타고 나가, 나가길."

"그 학생 피해자잖아요. 뺑소니차가……."

"그러니까 오토바이도 잘 못 모는 게 왜 끌고 나가냐고. 보나 마나 골목에서 확 튀어나오다가 부딪쳤겠지. 뺑소니차도 억울할 거 아냐. 그런데 그 부모는 애 장례식장에 우리 아들이 안 왔다고 한다는데, 장사하면서 바쁜 사람이 거길 어떻게 가. 내가 그 말을 들었으면 가만 놔두질 않았어."

박성자 할머니의 노기 띤 목소리가 떨렸다. 할머니는 박성자 할머니가 파르르 화를 잘 낸다면서 성질이 죽 끓듯 한다고 했다. 나는 파르르의 어감이 좋아서 박성자 할머니를 파르르 할머니라고 부르곤 했다. 지금처럼 파르르 할머니의 눈꼬리가 위로 바짝 끌어당겨지면서 전투 자세로 돌입하면 우리 할머니는 휙 뒤돌아서면서 말했을 것이다. 그깟 일로 힘 빼지 마.

하지만 그깟 일이 아니다. 한 아이의 목숨이 달려 있었던, 중요한 문제다.

"그런데 진짜 아드님이 그렇게 말했어요? 알바하던 애가 오토바이를 훔쳤다고요?"

"그렇다니까. 아니 근데 얘는 왜 그걸 자꾸 캐물어? 죽은 애가 아는 애냐?"

"아니요."

"그럼 이거나 먹어. 남의 일에 신경 쓰지 말고. 너도 네 코가 석 자야. 학교 다니는 동안에는 이모한테 얹혀살아야 할 텐데, 할머니처럼 편하겠어? 이모도 결혼할 테고, 여기 재개발하면 이 집도 아들하고 딸이 나눠 가질 거 아냐. 조카 처지 생각해서 원룸이라도 얻어 주면 모르지만, 말이 쉽지."

박성자 할머니가 호언장담하는 통속적인 결말은 귀에 들어오지 않았다. 나는 내 손에 들린 족발 봉지에만 온통 신경이 쓰였다. 묵직한 봉지에서는 족발 냄새가 뭉근히 올라왔다. 나는 박성자 할머니가 집에 들어가는 것을 지켜보다가 족발 봉지를 든 채 큰길로 나섰다. 시장 입구에 연말연시 가족과 함께 행복하시라는 현수막이 펄럭거리는데, 사람들은 진짜 모두 가족과 함께 있는지 시장에는 기웃대는 사람조차 없었다. 그나마 사람이 보이는 건 길 건너 식당가였다. 그곳에 내 손에 들려 있는 족발을 파는 가게가 있다. 박성자 할머니의 둘째 아들이 4년 전에 시작한 원조왕족발, 그곳에서 이진형이 아르바이트를 했다.

나는 길을 건너 원조왕족발 앞으로 갔다. 가게 앞에 내놓은 큰 가마솥에서는 김이 풍풍 올라오고, 가게 유리창 앞에 놓인 조리대에 바짝 붙어 선 사장은 족발 뼈를 발라내고 있었다. 가게 안에는 손님이 없었지만, 사장 손은 바쁘게 움직였다. 나는 원조왕족발 바로 옆에 있는 홍어삼합 가게로 갔다. 아직 문을 열지 않은 홍어삼합 가게 문 옆에는 낡은 의자 하나가 놓여 있었다. 나는 의자에 족발이 든 비닐봉지를 올려놓고 원조왕족발의 기척을 살폈다.

얼마 뒤 오토바이 한 대가 족발 가게 앞에 멈춰 섰다. 까만 오토바이에서 내린 사람은 두꺼운 점퍼 위에 주머니가 여러 개 달린 조끼를 입고, 까만 헬멧을 썼다. 헬멧에 달린 불투명한 가리개 때문에 얼굴이 보이지 않았지만, 얼마 전까지 배달을 하던 아르바이트생은 아니었다. 까만 헬멧은 가게 안으로 들어갔다가 바로 나왔다. 그의 손에는 족발 봉지가 들려 있었다. 그는 그 비닐봉지를 오토바이 뒤에 있는 가방에 쓱 넣고는 곧바로 큰길로 내달렸다. 박성자 할머니 말대로 족발 가게는 배달 대행을 쓰고 있었다. 그렇다면, 이진형과 함께 일했던 아르바이트생은 없는 것이다.

나는 비닐봉지를 다시 챙겨 들고 얼른 그곳을 떴다. 내 발은 자연스럽게 육교 쪽으로 향했다. 구시장과 시내를 연결하는 긴 육교에 처음 간 건 중학교 1학년 때다. 1학기 중간고사가 끝나고 반 여자애들이 다 같이 시내로 놀러 갔는데, 친구를 만들기 위해 탐색하는 아이들이 서로의 공통점을 찾으려고 이것저것 캐묻는 게 불편했다. 나는 내내 "NO"와 "YES"만 반복하다가 슬그머니 무리에서 빠져나와 혼자 집까지 걸어오다 전철 선로 위를 가로지르는 육교를 처음 봤다. 전철역에서 꽤 떨어진 곳에 있는 육교는 아파트 단지와도 멀어서 이용하는 사람이 많지 않았다. 나는 그날 한참 동안 육교 위에 서서 선로를 내달리는 전철을 내려다봤다. 그 뒤로 나는 자주 육교에 올라 한참 동안 끝없이 이어진 선로를 바라봤다.

나는 난간에 기대 눈이 녹지 않아 군데군데 희끗희끗한 선로를 내려다봤다. 멀리서 전철 앞머리가 보였다. 서울로 가는 전철은 육교 아래까지 내달려 와서 꽁지를 보이면서 사라졌다. 나는 전철이 달려간 곳을 한참 동안 바라보다 걸음을 뗐다. 가야 할 곳이 있었다.

친 구 2

대로변에 번듯하게 서 있는 높은 건물에는 모두 학원이
있었다. 아예 건물 하나가 통째로 학원이기도 했다. 해 질 무
렵 건물 앞에는 학원 이름을 새긴 버스들이 줄지어 섰다. 버
스는 가방을 둘러멘 아이들을 쏟아 내고, 학원 건물은 그
아이들을 진공청소기처럼 빨아들였다. 아이들은 옷차림새
도 가방도 달랐지만, 이상하게 얼굴은 다 같아 보여서 구분
하기가 쉽지 않았다. 파란패딩이 다닌다고 한 학원에는 고
등학생들만 들어갔는데, 모두 묵직한 가방에 무거운 얼굴을
하고 있었다. 그중 몇몇은 입구 옆에 바짝 붙어 서 있는 나
를 보고 곁눈질을 하면서 뭐냐 하고 중얼거렸지만, 대개는
눈이 마주쳐도 무표정한 얼굴로 건물 안으로 사라졌다.

파란패딩이 나타난 건 학원 버스에서 내린 아이들이 건물

안으로 늘쩡거리며 들어간 뒤였다. 파란패딩은 여전히 도드라지는 파란 패딩을 입고 터덜터덜 걸어오다 나를 보고는 뒤를 휙 돌아봤다. 파란패딩의 시선은 버스 뒤에 있는 하얀색 자동차에 닿았다. 운전석에 있는 아주머니는 줄곧 파란패딩을 바라보고 있었다. 파란패딩은 느릿느릿 걸어와 내 앞을 그대로 지나쳐 건물 안으로 들어가면서 작은 목소리로 말했다.

"조금만 기다려."

나는 뭘 기다리라고 하는지 알 것 같았다. 파란패딩이 타고 온 자동차는 학원 버스가 아이들을 다 내려놓고 출발하자 그 뒤를 따라 움직이다가 차선을 바꿔 달렸다. 파란패딩은 자동차가 떠나고 5분쯤 지나 나타났다. 학원 유리문에 얼굴을 대고 도로 쪽을 살펴본 뒤 얼른 밖으로 튀어나왔다. 파란패딩은 나를 보면서 환하게 웃었다.

"언제 왔어?"

"응?"

"나 보러 온 거지?"

"응."

"아까 너보고 진짜 놀랐잖아. 이상하게 네가 이렇게 나타날 것 같았거든."

"왜?"

"몰라. 그때 헤어진 뒤로 자꾸 너를 다시 만날 것 같은 생각이 들었어. 그런데 정말 이렇게 짠 하고 나타나다니, 너도 이쪽 학원에 다니는 거야?"

"아니."

"그럼, 나 보러 일부러 온 거야? 그런데 나 학원에서 빠져나오려면 수학 수업 끝나고 8시는 돼야 해. 오늘 영어는 시험 본 거 문제 풀이해서 평계 대고 나올 수 있거든."

"기다릴게."

"진짜? 그럼 저기 햄버거 가게에서 기다려. 어, 근데 그건 뭐야."

파란패딩은 내 손에 들려 있는 족발 봉지를 보고는 눈이 동그래졌다.

"내 저녁."

"진짜? 나 족발 좋아하는데, 치사하게 너 혼자 다 먹지 마. 알았지?"

파란패딩은 신신당부를 하고는 학원으로 뛰어 들어갔다.

나는 파란패딩이 열심히 수학 문제를 풀고 있을 학원이

건너다보이는 햄버거 가게에 앉아 오늘 산 새 잡지를 봤다. 이걸 내다 판 사람한테는 케케묵은 헌 책이겠지만, 나한테는 새 책이었다. 내가 일곱 살이 되던 해 가을에 나온 잡지를 펼치면서 나는 과거로 들어간다.

그해 8월 지구인들은 놀라운 사실을 알게 된다. 물속으로 잠수하는 곤충이 자신이 들어갈 만한 큰 공기 방울을 만들어서 그 안에서 숨을 쉰다는 것을 발견한 것이다. 이 놀라운 곤충은 '송장헤엄치개'로 영어 이름은 백스위머다. 배영을 한다는 이유로 끔찍한 이름이 붙은 송장헤엄치개는 왁스 같은 물질로 코팅된 털이 빽빽하게 나 있어서 천연 방수복을 입고 산소 탱크를 짊어진 상태라는 것이다. 그러니까 큰 공기 방울을 만든다는 것은 풍선껌을 씹다가 바람을 불어넣어 풍선을 만드는 것과는 다른 원리이다. 어쨌든 내가 일곱 살 때 지구인은 이 행성에서 수만 년을 살았을 곤충이 물속에서 숨 쉬는 법을 비로소 알게 되었다. 그리고 그해 8월 1일 캐나다, 그린란드, 시베리아 서부, 몽골에서는 개기일식을 한 시간 30분 동안이나 볼 수 있었다. 송장헤엄치개와 개기일식, 그해 여름 지구는 평화로웠다. 다행히.

파란패딩은 8시가 조금 넘어서 햄버거 가게에 나타났다.

파란패딩은 무거운 가방을 테이블에 올려놓으면서 맞은편
의자에 털썩 앉았다.

"나 학원 땡땡이 처음이다."

"괜찮아?"

"엄마한테 들키면 죽음이지."

내가 파란패딩의 얼굴을 빤히 보자 파란패딩은 작게 말했
다.

"진짜로 죽어."

파란패딩이 정색하고 말해서 얼른 책장을 덮었다. 목숨을
건 땡땡이라면 한시도 낭비할 수 없었다. 파란패딩은 잡지를
건너다봤다.

"뭐야? 나 여섯 살 때 잡지네."

"너 3학년 되는 거라면서?"

"아, 나 한 살 일찍 들어갔어. 영어 유치원 다니는 것보다
학교 가는 게 나을 줄 알았지. 학교가 지옥으로 가는 문일
줄 몰랐지. 근데 왜 옛날 잡지를 봐? 학교 과제야?"

"아니, 내 과제."

"그게 뭔데?"

나는 대답하지 않았다. 아니 대답할 수 없었다. 나는 잡지

를 가방에 넣고는 일어섰다.

"왜? 가게?"

"이거 먹어야 한다면서, 먹을 데를 찾아야 할 것 같은데."

"맞다! 족발, 내가 아주 좋은 데를 알지. 가자."

파란패딩은 햄버거 가게 앞에 있는 버스 정류장에서 마을버스를 탔다. 마을버스는 온종일 일하거나 공부하다가 집으로 돌아가려는 사람들로 만원이었다. 파란패딩과 나는 바짝 붙어 서서 사람들이 내릴 때마다 이리저리 몸을 돌려 자리를 내줘야 했다. 마을버스는 학원가 뒤에 촘촘하게 들어서 있는 아파트 단지 사이를 구석구석 헤집고 다니다가 시내를 관통하는 큰길로 나왔다. 버스 안에는 나와 파란패딩뿐이었다. 파란패딩은 버스가 고가도로에 진입하자 자리에서 일어나 벨을 눌렀다. 나도 따라 일어섰다.

우리가 내린 정류장은 뜬금없이 고가도로 한가운데 자리 잡고 있었다. 정류장 건너편은 전철역이었다. 전철역 지붕 위에 덩그러니 놓인 역 이름이 박힌 간판의 흰 불빛이 냉랭했다. 고가 밑으로는 비닐하우스와 밭뿐이라서 어두웠다. 사방을 장벽처럼 에워싸고 있는 고층 아파트의 불빛은 여기까지 닿지 않았다. 도시를 문단이라고 한, 거리는 문장이고 건물은 낱말이라고 한 건축가의 말대로 보자면 이곳은 쉼표다. 똑같은 맥락으로 동어반복 하는 무미건조한 도시의 쉼표도 곧 지루한 낱말이 될 터였다. 어둠 속에 잠긴 들판 한복판에는 타워크레인이 우뚝 서 있었다. 도대체 여기 어디에 족발 먹을 곳이 있는 걸까? 생각하는데, 파란패딩이 전철역을 손가락으로 가리켰다.

"여기야."

"역에서 족발을 먹어?"

"설마!"

파란패딩은 내 등을 살짝 때리고는 횡단보도 신호등이 파란불로 바뀌자 재빠르게 건넜다. 나는 순순히 뒤를 따라갔다. 파란패딩은 전철역 출입구 계단으로 내려갔다. 고가 아래는 고요했다. 고가를 떠받치고 있는 기둥이 일정한 간격으로 서 있고, 그 기둥은 두꺼운 콘크리트 보로 이어져 있어서 짓다 만 건물 안에 들어온 것 같았다. 전철역 입구로 연결된 통로는 기둥 사이에 다리처럼 놓여 있었다. 통로에서 아래를 내려다보면 기둥이 박힌 콘크리트 바닥이 그대로 보였다. 파란패딩은 통로를 지나 전철역으로 들어가지 않고 옆으로 꺾어 걸어가더니 출입 금지 팻말이 달려 있는 철망 앞으로 가 철망 안으로 손을 집어넣어 걸쇠를 열었다.

"여기 들어가도 돼?"

나도 모르게 목소리가 움츠러들었다.

"아니, 역무원들한테 들키면 안 돼. 들키기 싫으면 빨리 움직여야지."

파란패딩은 철망에 달린 작은 문을 열면서 내 등을 밀었다. 나는 파란패딩에 떠밀려 난생처음 금지 구역에 들어왔다. 금지 구역에는 아래로 내려가는 나선형 계단이 있었다. 그러니까 그 계단은 전철역의 1층이면서 고가 아래, 기둥이 서 있는 콘크리트 바닥으로 이어졌다. 파란패딩은 계단을 능숙하게 내려가서는 벽 쪽으로 딱 붙어 섰다. 파란패딩이 기대 선 벽은 알록달록한 글씨와 그림으로 뒤덮여 있었다. 내가 벽을 유심히 보자 파란패딩이 그라피티라고 했다.

"여기 그라피티 하는 애들이 종종 오거든. 그래서 출입 금지 팻말도 달아 놓은 건데, 그냥 협박용이지. 얼마 전에 기둥하고 벽하고 페인트칠을 새로 했는데, 금방 이 모양이야. 새벽에 출몰하나 본데, 못 당해."

파란패딩은 벽을 쭉 따라 걷다가 등받이가 깨진 빨간 플라스틱 의자가 놓여 있는 곳에서 멈췄다. 의자 뒤로는 철망 울타리가 있고, 그 철망 뒤로는 도랑이 있었다. 위층 전철역 통로를 밝히는 불빛에서 비껴 나 있어서 도랑에 물이 흐르는지는 알 수 없었다. 파란패딩은 의자에 가방을 올려놓고는 가방에서 두꺼운 참고서 두 권을 꺼내 하나는 자기가 깔고 앉으면서 하나는 나한테 내밀었다.

"앉아. 내 아지트에 데려온 사람은 네가 처음이야."

"여기는 어떻게 알았어?"

"초등학교 때 한 번, 중학교 때 한 번 가출했거든. 사실 그냥 말 안 하고 외출한 거지. 그때 혼자 전철 타고 온 데가 여기야. 나 혼자서 어딜 가 본 적이 없으니까 겁나서 더 못 가고 여기서 내려서 다시 집으로 돌아갔어. 여기가 내 경계지. 어쨌든 가끔 여기 와서 책도 보고, 음악도 듣고 그래."

파란패딩이 말하는데, 전철이 승강장으로 들어오고 있다는 안내 방송이 들렸다. 뒤돌아보니 전철이 밝은 빛을 내뿜으면서 승강장으로 들어오는 게 훤히 보였다.

자신의 경계를 끝내 넘지 못한 파란패딩은 전철이 달리는 선로 옆에서 언젠가 경계를 뛰어넘을 채비를 하는 것일까. 다시 출발하는 전철을 멍하니 보고 있는데 파란패딩이 내 손에 들린 비닐봉지를 잡아당겼다.

"빨리 먹자. 배고파."

나는 참고서에 엉덩이를 걸치고는 비닐봉지에서 족발이 든 스티로폼 용기를 꺼내 펼쳐 놓았다. 파란패딩은 제 가방에서 파란색 뭉치를 꺼내 건넸다.

"이거 빨아서 오늘 처음 갖고 온 거야. 걸치고 있어. 가만히 있으면 좀 추울 거야."

파란패딩이 나한테 준 건 파란색 후드 점퍼였다. 나는 군말 없이 후드 점퍼에 팔을 꿰었다. 패딩을 입지 않고도 하나도 춥지 않았는데, 후드 점퍼를 입으니 따뜻했다. 따뜻함을 느껴야 비로소 추웠음을 안다. 내가 점퍼를 입는 사이 파란패딩은 나무젓가락을 갈라 내 앞에 놓고 제 것도 챙겼다.

"배고파 죽는 줄 알았어. 냄새만으로도 좋다."

파란패딩은 족발을 하나 집어 새우젓에 찍어 먹었다. 나도 차갑게 식은 족발을 집어 입에 넣었다. 박성자 할머니 말대로 족발은 식어도 괜찮았다. 족발을 먹으려고 파란패딩을 찾아온 게 아닌데, 나는 파란패딩과 나란히 앉아 부지런히 족발을 집어 올렸다. 파란패딩이 족발을 씹으면서 뭐라고 하는데 마침 전철이 지나가면서 목소리가 들리지 않았다.

"못 들었어."

"온 이유를 말해 보라고."

"응?"

"족발이나 먹자고 온 건 아니지? 뭐 할 얘기가 있어서 온 거지?"

"응."

"그럴 줄 알았어. 말해 봐."

파란패딩은 족발을 한 점 집어 입에 넣고는 오물대면서 나를 봤다. 그러다가 느닷없이 내 어깨를 툭 치면서 소리쳤다.

"소름!"

"뭐?"

"이 족발, 이진형이 아르바이트한 데서 사 온 거 아냐? 너, 이진형 때문에 온 거지?"

박성자 할머니가 간혹 들고 오고, 우리 할머니가 간간이 사 온 원조왕족발은 결코 특별하지 않았다. 박성자 할머니는 세상에서 가장 맛있는 족발이라고 추켜세웠지만, 세상 모든 족발은 대개 이런 맛을 낼 것이다. 특별할 것 하나 없는 족발을 먹고, 이름도 모르는 아이가 자신을 찾아온 이유와 자신이 먹고 있는 족발이 그 이유의 단서라고 유추해 낸 파란패딩은 새우젓을 푹 찍은 족발을 다시 입에 넣고는 우물 댔다.

"나는 족발 먹을 때 새우젓이 좋더라. 그런데 진짜 이 족발 이진형이 일하던 가게에서 사 온 거야?"

"앞은 맞고, 뒤는 틀려. 이진형이 일하던 가게는 맞고, 사 온 건 아니야. 앞집 할머니 아들이 이 족발집 사장이거든. 앞집 할머니가 먹으라고 갖고 오신 거야."

"대박! 어머니가 아들 범죄의 단서를 제공한 셈이네."

"범죄?"

"만일 이진형이 족발 배달을 하다가 사고가 난 거면 업주도 책임이 있는 거잖아. 그래서 이진형이 배달을 한 게 아니라 오토바이를 훔쳐 간 거라고 사장이 거짓말한 거면 범죄잖아. 너도 그것 때문에 나 찾아온 거 아냐? 아무래도 이진형이 오토바이를 훔친 거 같지 않아서?"

나는 고개를 끄덕였다.

"네 말대로 이진형이 오토바이를 훔쳐 탔는지 확인해 보고 싶었어. 그래서 가게에서 일하던 다른 알바생을 만나려고 가 봤어. 그 알바생은 배달만 했거든. 장례식장에서 봤는데, 그 알바생도 이진형이 오토바이를 훔칠 애는 아니라고 했어."

"그래서? 만났어?"

"아니. 그 알바생을 만났으면 너를 찾아오지 않았을 거야."

"왜? 내가 이진형 사고를 목격했고, 이진형이 오토바이를 훔치지 않은 것 같다고 얘기한 것도 나잖아. 당연히 나하고 공조를 해야지."

파란패딩이 볼멘소리를 하면서 패딩 양쪽 주머니에 손을 넣어 뭔가를 꺼냈다. 캔 커피였다. 파란패딩은 나한테 캔 커피 하나를 주면서 입을 비죽댔다.

"내 온기로 데운 커피야. 안 오려고 한 건 괘씸하지만, 그래도 왔으니까 주는 거야. 분명히 말하지만, 이 일은 반드시 나하고 공조해야 돼."

"공조라고 할 건 없고. 그냥 확인해 보고 싶었어. 누명을 썼어도 말할 수가 없잖아. 죽은 사람은 자신을 지킬 수 없어. 죽으면 세상 사람들이 지어 준 이름으로 남게 되니까. 오토바이 도둑, 너무 아프잖아."

파란패딩이 가만히 나를 보다가 전철이 들어오고 있는 선로 쪽으로 시선을 돌렸다. 전철이 지나가면서 땅이 울리고,

고가를 달리는 자동차의 경적 소리가 희미하게 들렸다. 힘껏 달리고 있는 세상 아래, 기껏해야 소리만 침범할 수 있는 이곳은 모든 것이 멈춰 있는 듯했다. 파란패딩이 왜 이곳으로 기어들어 오는지 알 것 같았다. 더는 달리고 싶지 않을 때, 왜 달리는지 모를 때, 어디로 달려야 하는지 알 수 없을 때 파란패딩은 이곳으로 오는 것이다. 자꾸 높아지는 건물과 높은 곳만 선망하는 사람들이 없는 곳으로. 파란패딩의 불안감은 어쩌면 육교에 서 있는 내 쓸쓸함과 닮아 있는지 모른다. 빽빽하게 높은 아파트가 서 있는 빠르게 달려가는 세상에도, 수십 년이 된 간판을 걸고 느리게 굴러가는 세상에도 속하지 못한 채 그 가운데 혼자 서 있는 아이도 파란패딩의 쓸쓸한 눈빛을 하고 있을 것이다.

"마음이 아파. 네 말을 들으니까 이진형이 가여워서 마음이 아파. 정말 억울하게 누명을 쓴 거라면, 누군가 대신 말해 줘야 할 것 같아."

"그래."

나는 파란패딩이 준 캔 커피를 따서 마셨다. 따뜻했다. 파란패딩은 캔을 따서 벌컥벌컥 들이키고는 벌떡 일어섰다.

"가자. 우리가 이진형의 진실을 찾아 주자. 먼저 이진형하고 같이 일한 알바생을 찾아서 물어보자."

"소용없어. 그 가게 배달 대행업체로 바꾼 것 같아."

"와! 완전 범죄를 꿈꾸는구나. 증거를 지우는 거잖아."

"알 수 없지. 어쨌든 너 승화원 올 때 이진형 친구들하고 버스 같이 탔다고 했잖아. 그 친구들 어느 학교 다니는지 알아?"

"모르지. 그날 친구 셋이 왔는데, 서울에 산대. 이진형이 여기 고등학교로 전학 오면서 서울에서 이사 왔댔잖아. 여기에 이진형을 아는 사람은 없을 거야."

"결국 같이 일한 알바생을 찾아야겠네. 사장한테 연락처를 물어볼 수도 없고."

내 말에 파란패딩이 고개를 내저으면서 혼잣말을 하듯 중얼거렸다.

"오사강."

"응?"

"오사강이면 알 수 있을지 몰라. 우리 동네에서 오사강을 모르는 애들이 없었거든. 그 말은 오사강도 웬만한 애들은 다 안다는 거지."

"오사강이 누군데?"

"병원 화장실!"

파란패딩이 그 말을 하는 순간 내 머릿속에 그날 밤 화장실 풍경이 선명하게 그려졌다. 피 묻은 손을 닦는 아이와 목발을 짚고 들어온 아이. 패딩 속에 태권도복을 입고 있던 그 아이, 입에서 탄산음료 단내가 나던 그 아이 이름이 오사강이었다.

밤에 나는 할머니 앞에 앉아 파란패딩과 오사강 얘기를 해 줬다. 그러고 보니 나는 할머니한테 잡지는 읽어 줬어도 내 얘기를 한 적은 없었다.

"근데 할머니, 파란패딩 이름을 묻지 않았어. 걔도 내 이름을 몰라. 우린 서로 이름도 모르면서 전화번호를 주고받았어."

나는 파란패딩의 전화번호를 저장하면서 이름을 파란패딩으로 적었다. 파란패딩이 나는 뭐라고 저장했을지 궁금했다. 이불을 깔고 자리에 누웠을 때 파란패딩한테 문자가 왔다.

내일 3시에 큰나무에서 보자. 만나서 오사강한테 가자.

"큰나무…… . 할머니, 큰나무는 5단지 앞에 있는 느티나무야. 할머니도 본 적이 있을 거야. 5단지 공원 입구 앞에 있는 가장 큰 나무. 할머니가 그랬지? 예전에는 거기가 다 논이었다고. 아마 그 나무는 아파트 단지가 들어서면서 심겼을 거야. 그럼 그 나무 나이도 20년이 넘었겠지. 여기 애들은 그 큰나무에서 만나. 약속 나무인 거야. 할머니, 나 큰나무에서 누굴 만나는 건 처음이야."

나는 파란패딩 전화번호 이름을 친구2로 바꿨다. 친구1은 성도 모르고 전화번호도 모르는 은수를 위해 비워 놓았다.

큰 나 무

잎이 떨어지고 가지만 남은 겨울나무는 줄기가 선명하게
보인다. 껍질눈이 있는 느티나무는 20년이 넘으면 껍질이 벗
겨진다. 나무줄기가 팽창하면서 껍질이 벗겨지는 것이다. 큰
나무의 껍질도 상처 난 것처럼 갈라지고 있었다. 큰나무는
큰 나무가 아니라 커 가는 나무인 것이다.

나는 11년 동안 흘깃 보고만 지나가던 큰나무 아래서 파
란패딩을 기다리며 휴대폰으로 느티나무를 찾아봤다. 느티
나무의 꽃말은 운명이다. 운명이라니, 이 행성에 잠시 왔다
가면서도 마치 이 행성의 주인인 양 행세하는 종족은 멋대
로 꽃말을 정한다. 별 탈 없으면 수백 년 동안 봄이면 작은
알갱이 같은 꽃을 피우고, 여름이면 초록빛 잎을 무성하게
매달고, 가을이면 노랗게 물들어 겨울을 준비할 느티나무

의 운명을 고작 백 년도 못 사는 인간이 알까?

"느티나무 꽃말이 운명이래?"

기적도 없이 다가온 파란패딩이 내 휴대폰을 들여다봤다. 파란패딩은 까만 코트를 입고 있었다.

"늦을까 봐 택시 타고 왔잖아. 나 큰나무 아래서 누구 만나는 거 진짜 오랜만이야. 그런데 이 나무가 느티나무였어?"

"응."

"역시 너 아는 게 많구나. 과학 잡지 볼 때부터 알아봤어. 남달라."

"뭐가?"

"그냥 다른 애들하고 달라. 만약 다른 애 같았으면 화장실에서 처음 말 걸었을 때, 뭐래? 그러고 바로 피했을 거야. 그런데 너는 태연하게 내 말을 들어 줬잖아."

"처음 본 사람한테 아무렇지 않게 말한 사람도 남다르긴 마찬가지야."

"그렇지. 내가 긴장하거나 초조하면 나도 모르게 말이 막 튀어나와. 그런데 나한테 대꾸해 준 사람은 딱 두 사람이야. 너하고 오사강."

"오사강은 친구야?"

"응. 아니. 나는 친구라고 생각하는데, 오사강은 나를 친구라고 생각하지 않을 수도 있어. 우리 초등학교 중학교 동창이야. 초등학교 4학년 때 같은 반이었어. 4학년 때 과학실에서 불이 났거든. 그때 우리 반에 자폐 스펙트럼인 친구가 있었는데, 아무도 못 챙긴 거야. 모두 운동장으로 대피했는데, 오사강이 뛰어 들어가서 데리고 나왔잖아. 그때부터 유명했어. 배짱도 좋고, 싸움도 잘하고. 오사강을 당할 사람은 이 동네에 없다고 하더라고. 어쨌든 빨리 가자. 목발 짚고 다니기 힘들다고 집 앞으로 오래."

파란패딩은 자연스럽게 내 팔짱을 끼면서 걸음을 뗐다. 우리가 서 있던 자리는 금방 초등학생 여자애들 셋이 차지했다. 작은 머리를 맞대고 휴대폰을 들여다보는 아이들은 깔깔깔 웃으면서 떠들었다. 내게는 없는 시간이었다. 초등학교 때 나는 느티나무 아래 옹기종기 모여 있는 아이들을 볼 적마다 그 아이들의 세상이 궁금했다. 아이들이 무슨 얘기를 하는지, 왜 웃는지, 무엇 때문에 싸우는지, 어떻게 화해하는지. 나는 그들과 같은 곳에 있었지만, 같은 세상에 있지 않았다.

중학교에 들어가면서부터 나는 그들의 세상을 더는 기웃

거리지 않았다. 아이들이 시답잖은 얘기나 한다는 것도, 앞에서는 웃지만 뒤에서는 가시 돋친 말을 한다는 것도, 그들도 친구와 화해하는 방법을 잘 모른다는 것도 알게 되었으니까. 그들은 하나같이 친구를 하루아침에 잃어버릴까 봐, 점심을 함께 먹을 친구가 없을까 봐 전전긍긍했다. 아침에 교실 문을 열 때 아이들은 오늘도 무사히 친구들 무리에서 도드라지지 않게 있다가 아무에게도 미움받지 않고 집으로 돌아갈 수 있길 바랐다. 친구가 없는 나로서는 그런 긴장감으로부터 자유로웠지만, 내 자유는 쓸쓸했다.

파란패딩과 함께 간 7단지 놀이터에는 중학생 아이들 넷이서 미끄럼틀을 점거하고 있었다. 파란패딩은 미끄럼틀 옆에 있는 시소에 엉덩이를 걸치고 앉아 오사강한테 문자를 보냈다.

"바로 나온대. 시소 타 본 지 진짜 오래됐다. 저쪽에 앉아 봐."

파란패딩이 손잡이를 잡고 가랑이를 벌려 제대로 앉으면서 반대쪽을 손으로 가리켰다. 나는 고개를 내저었다. 됐어.

"빨리 가 봐. 한번만, 응?"

파란패딩이 간절하게 나를 바라봤다. 나는 하는 수 없이 반대쪽에 가서 앉았다. 차가운 손잡이를 잡고 앉자마자 몸집이 작은 파란패딩이 가뿐하게 위로 오르면서 깔깔깔 웃었다. 웃는 소리가 듣기 좋았다. 그 웃음소리에 끌려 나는 힘껏 발을 굴러 위로 솟구쳤다. 아래로 내려간 파란패딩은 또 깔깔 웃었다. 마치 시소를 처음 타 본 아이처럼 웃는 파란패딩을 보면서 나도 웃음이 났다. 우리는 정말 예닐곱 살들처럼 한참 동안 발을 구르면서 오르내렸다. 시소를 타면서 깨달았다. 일곱 살 때 유치원에서 시소를 타 본 뒤로 처음이라는 것을. 내 기억 속에 시소는 한별유치원 앞마당에 있는 초록색 시소뿐이다. 일곱 살 이전에도 시소를 탔을지 모르지만, 내 기억 속에는 없다. 내 어릴 적 기억은 일곱 살 그 여름에서 시작되고 그 시간에서 멈춰 버렸다.

지지대가 스프링으로 된 시소는 힘들여 발을 구르지 않아도 잘 오르내렸다.

"엉덩이가 아파. 원래 그런 거였나? 우리 엉덩이가 커서 그런가?"

파란패딩이 소리치듯 말하자 미끄럼틀을 차지하고 있던 아이들이 우리 쪽을 보면서 낄낄거렸다. 그래도 파란패딩은 개의치 않고 열심히 발을 굴렀다. 정말 엉덩이가 아파서 이

제 그만 탔으면 좋겠다 싶을 때, 오사강이 목발을 짚고 놀이
터에 나타났다. 검정 롱패딩 아래 흰 양이 그려져 있는 분홍
색 수면 바지를 입은 오사강이 우리 쪽으로 다가오는데, 미
끄럼틀에 있던 아이들이 수군대다가 하나둘 미끄럼틀에서
내려왔다. 그중 하나는 오사강한테 고개를 숙여 인사했다.
오사강은 건성으로 고개를 끄덕이고는 파란패딩한테 큰 소
리로 말했다.

"안 춥냐?"

미끄럼틀에서 내려온 아이들은 오사강과 우리를 힐끔대
면서 놀이터를 빠져나갔다. 파란패딩은 발 구르기를 멈추고
는 오사강한테 손을 흔들었다.

"하나도 안 추워. 너도 탈래?"

"네가 보기엔 내가 그걸 탈 수 있을 것 같냐?"

오사강은 툭툭 말을 내뱉으면서 나를 봤다. 나는 시소에
서 일어났다. 파란패딩은 앉은 채로 옆에 선 오사강을 올려
다보면서 말했다.

"진짜, 너 괜찮아? 깁스는 언제까지 한대?"

"3주쯤. 그런데 오토바이 사고 난 애하고 같이 아르바이트
한 애는 왜 찾는 거야?"

오사강은 시소 옆에 있는 코끼리 스프링 의자에 엉덩이를 슬쩍 걸쳤다. 파란패딩은 벌떡 일어나 오사강 옆에 가까이 다가서서 소곤댔다.

"오토바이 사고 난 애 이름이 이진형이야."

"그런데?"

"오토바이를 훔쳐서 타다가 사고가 났다는데, 아닌 것 같아."

오사강은 파란패딩 말을 들으면서 나를 빤히 봤다. 나는 한 발 두 발 둘이 있는 쪽으로 발을 내디뎠다.

"그래서?"

"그래서 진실을 밝히려는 거야. 만약에 누명을 쓴 거라면 죽은 사람은 진실을 말할 수 없잖아. 죽은 사람은 자신을 지킬 수 없어. 죽으면 세상 사람들이 지어 준 이름으로 남게 되잖아. 오토바이 도둑, 너무 아프잖아. 이건 쟤가 말한 거야."

파란패딩이 몸을 돌려 나를 봤다. 오사강도 나를 봤다. 나는 둘의 시선을 받는 게 어색해서 더 다가서지 못하고 멈춰 섰다. 그러자 파란패딩이 내 쪽으로 와서 팔을 잡아끌었다.

"가까이 와. 누가 들으면 어떡해."

나는 파란패딩한테 붙잡혀 오사강 앞에 가까이 섰다. 오사강이 나를 보며 다정하게 물었다.

"너는 괜찮아? 할머니 장례식 잘 치렀어?"

"응."

내가 대답하기 무섭게 파란패딩이 승화원에서 우리가 만난 일을 길게 늘어놓았다. 오사강은 파란패딩 말을 들으면서 목발로 바닥을 톡톡 쳤다. 파란패딩이 말을 맺자 오사강이 피식 웃었다.

"넌 정말 여전히 말이 많구나. 그런데 너 공부 안 하냐? 이런 일에 끼어들 시간이 있어?"

"우리가 같이하면 되니까. 혼자서는 못 하지. 네가 이진형이랑 같이 일한 알바생을 찾아만 줘도 반은 한 거야."

"너네가 무슨 말을 하는지 알겠어. 내가 찾아볼게. 혹시 걔를 찾으면 만나 봐야 할 거 아냐. 그런데 내가 낮에는 동생을 봐야 해서 꼼짝 못 해. 밤에 엄마가 오면 나갈 수 있을 거야."

"너 동생이 있구나? 몇 살인데?"

"초3."

"동생이 어리구나. 성가시겠다."

파란패딩 말에 오사강이 헛웃음을 터뜨렸다.

"너는 여전하구나. 어린 동생이 있다고 하면 대개 귀엽겠다고 하지. 성가시겠다고 한 사람은 너밖에 없어. 그런데 너는 왜?"

오사강이 내 쪽으로 고개를 돌렸다. 오사강의 왜라는 질문에는 여러 가지 의미가 있었다. 할머니가 돌아가셔서 힘들 텐데 왜 남의 일에 나서느냐? 잘 알지도 못하는 애들과 왜 함께하려고 하느냐?

"내가 아는 가게야. 그 가게 앞을 지나면서 몇 번 그 아이를 봤어. 그래서 모른 체할 수 없었어."

"얘가 날 찾아온 거야. 알아보자고. 사실 나는 얘가 찾아오지 않았으면 생각만 하다 말았을 거야. 아, 진짜 우리 이름도 모른다. 나는 윤지윤. 토마토 기러기랑 같아. 앞으로도 윤지윤, 뒤로도 윤지윤. 넌?"

파란패딩이 내 팔을 살짝 잡았다.

"문희."

"무늬? 이름 예쁘다. 꽃무늬, 물방울무늬."

"아니, 성이 문이고, 이름이 희야. 문희."

"문희."

오사강이 내 이름을 소리 내서 되뇌는데, 파란패딩이 고개를 내저었다.

"아냐, 아냐. 나는 그냥 무늬라고 할래. 무늬."

"그래. 문희든 무늬든 내가 알아보고 연락할게. 이제 가라."

오사강은 목발을 짚고 일어섰다. 여전히 목발을 짚는 게 서툰 오사강은 왼쪽 겨드랑이에 목발을 끼웠다가 다시 오른쪽으로 목발을 바꿔 끼웠다.

"다리 아픈데, 어려운 부탁한 거 아냐?"

내 말에 오사강이 스스럼없이 말했다.

"이제서 내 다리가 걱정되냐? 그런데 어려운 건 아니야. 싸워 달라는 것도 아닌데 뭐. 가라."

오사강은 말하면서 천천히 발을 뗐다. 윤지윤은 오사강이 우리한테 멀어졌을 때 내 옆에 바짝 붙어 소곤댔다.

"진짜 멋지지. 나는 이 세상에서 오사강이 가장 멋지더라. 병원 화장실에서 오사강 만났을 때 얼마나 반가웠는지 몰라. 중학교 때 딱 한 번 학교에서 우연히 만나 얘기한 뒤로 처음 본 거였거든. 어쨌든 오사강이 나서면 걱정 없어. 그런데 우리 거사를 앞두고 셋이 도원결의라도 해야 하는 거 아냐? 우리는 큰나무 아래에서 해야 하나?"

나는 윤지윤 말을 들으면서 멀어지는 오사강을 바라봤다. 오사강은 목발을 서툴게 내디뎌서 내내 뒤뚱거렸지만, 윤지윤 말대로 어쩐지 든든해 보였다.

"거목결의."

"응?"

윤지윤이 나를 의아한 눈으로 봤다.

"우리 셋이 큰나무 아래서 결의를 맺으면 거목결의."

나는 말하면서 봄날 초록빛 잎이 무성한 큰 나무 아래 우리 셋이 서 있는 모습을 상상했다. 그날 나는 그것이 그냥 허황된 상상일 거라고 생각했다. 우리 셋은 일종의 프로젝트팀일 뿐이라고. 이진형의 진실을 밝히면 다시는 보지 못할 사이라고. 아니 어쩌다가 길에서 마주치면 눈인사만 하고 지나치게 될 거라고.

더 듬 이

싱크대 배수구 거름망에 새까맣게 곰팡이가 피어 있었다. 배수구에서 피어오른 곰팡이는 거름망을 뒤덮고 싱크 볼 위로 점점이 번지고 있었다. 곰팡이는 공기 중에 포자로 있다가 생존하기 좋은 곳에 들러붙어 증식한다. 곰팡이는 할머니가 손을 뗀 싱크대를 공략하고, 할머니가 아침저녁으로 락스를 뿌려 닦던 목욕탕을 노렸다. 나는 세수하다가 세면대 옆 벽면에 도드라진 까만곰팡이를 보고는 기겁하면서 락스를 뿌리고 솔로 박박 문질렀다. 할머니는 곰팡이를 용납하지 않았다.

할머니 집에 왔을 때 나는 귀가 아파서 한동안 이비인후과에 다녀야 했다. 의사는 내 귀에 곰팡이가 생겼는데 흔히 있는 일이라면서 대수롭지 않게 여겼다. 하지만 할머니는 달랐다. 할머니는 손녀 귀에 움튼 곰팡이가 불행에 방치된 증거라고 여겨 몸서리쳤다. 그날 이후로 할머니는 집 안에 곰팡이가 출몰할 적마다 사력을 다해 싸웠다. 할머니는 곰팡이가 수억 년 전에 이 행성에 출현해 끈질기게 살아남은 생명체의 위대한 조상이라는 것을 믿지 않았다. 할머니에게 곰팡이는 음습하고 비참한 삶이 잉태한 절망과 비극의 표식일 뿐이었다. 할머니가 집 안 곳곳에 독한 락스를 뿌리면서 곰팡이를 제거한 건 통한의 시간을 지우려는 안간힘이었다.

이제 할머니는 없다. 할머니 등 뒤에서 락스 냄새 때문에 코를 막고 서 있던 내가 나서야 했다. 나는 할머니가 한 것처럼 대야에 물을 받아 락스를 조금 푼 뒤 목욕탕 구석구석을 닦고, 수세미에 베이킹소다를 묻혀 싱크대 거름망을 닦았다. 깨끗해진 거름망을 배수구에 끼우는데 비릿하고 쾌쾌한 냄새가 확 풍겼다. 냄새는 속수무책이다. 냄새는 꾹꾹 눌러놓은 기억을 어이없이 쉽게 되살려 놓는다.

그날 집의 냄새를 나는 기억하고 있었다. 할머니는 가여운 손녀딸이 곰팡이 핀 그 집을 기억하게 될까 봐, 아니 그날을 기억하게 될까 봐 두려워했지만, 나는 처음부터 모든 것을 기억하고 있었다.

자꾸 이것저것 그려 보라던 정신과 의사는 입을 꾹 다물고 말하지 않는 일곱 살짜리의 병명을 해리성 기억상실이라고 진단했다. 끔찍한 상황에서 자신을 지키기 위해 마음을 마비시키고, 그 기억을 지워 버렸다는 것이다. 할머니와 이모는 의사 말에 도리어 잘 되었다면서 안도했다. 나는 그 뒤로 의사 말처럼 기억을 상실해 보려고 애썼지만, 내 기억은 여전히 멀쩡해서 아주 사소한 빌미에도 빗장이 풀리면서 그날 그 방문 앞에 서게 된다. 숨을 몰아쉬면서 방 문고리를 잡으려는 찰나 휴대폰 진동 소리가 들렸다.

책상 위에서 몸을 떨고 있을 휴대폰의 진동이 마치 허리춤에 차고 있는 것처럼 크게 들렸다. 나도 모르게 들고 있던 수세미를 내던지고 방으로 뛰어 들어가 휴대폰을 집어 들었다. 이모였다. 어쩐지 힘이 쑥 빠졌다.

"희야, 뭐 하니?"

"청소."

"오늘 뭐 할 거니?"

"모르겠어."

"그래? 이모는 여기 일이 좀 더뎌서 밤늦게나 출발할 거야."

"응."

"괜찮아? 어디 갈 데 있으면 가도 돼. 올해 마지막 날이잖
아."

"응."

"갈 데가 있구나. 그래, 이모가 준 카드로 맛있는 거 사 먹
고 그래."

"응."

"그래. 그럼 이따 출발하면서 또 전화할게."

"응."

나는 청소하기 전에 확인한 문자를 다시 또 확인하고는
휴대폰을 책상 위에 내려놓았다. 어젯밤부터 온 다섯 개의
문자는 모두 광고였다. 나는 미용실 할인 행사나 온라인 서
점 신작 소개 따위의 광고 문자를 하나하나 읽어 보고, 그러
고도 못 미더워 삭제했다. 꼭 봐야 하는 문자가 스팸 문자에
파묻혀 안 보일까 봐. 휴대폰을 책상 위에 두는 것도 마음이
놓이지 않았다. 초등학교 5학년 때 이모가 휴대폰을 사 준
뒤로 집에서 휴대폰이 있는 자리는 늘 내 책상 서랍이었다.
학교에서는 담임선생님 책상 서랍에서 금고형 신세였던 내
휴대폰은 집에서도 서랍에 갇혀 있었다. 나는 밤에 딱 한 번

반 단톡방 알림을 확인할 때 말고는 휴대폰을 열어 보지 않았다. 나는 온종일 휴대폰을 손에 꼭 쥐고 있거나 아예 끈을 달아 목에 걸고 다니는 사람들을 이해할 수 없었다. 신호등을 기다리는 짧은 순간에도 휴대폰을 들여다보고 있는 사람들을 보면 도대체 뭐가 저들을 꽉 붙들고 있는지 궁금하기도 했다.

그런데 내가 그러고 있었다. 휴대폰을 안방에 갖고 와서 할머니가 있는 화장대에 올려놓았다가 다시 내 옆에 바짝 갖다 놓고 그것도 성에 차지 않아 진동을 벨 소리로 바꿨다. 책을 읽으면서도 잠잠한 휴대폰을 자꾸 힐끔거렸다. 사람들이 왜 휴대폰을 몸에서 못 떼어 놓는지 알 것 같았다. 기다림. 휴대폰은 외계로부터 오는 신호를 포착하기 위한 더듬이인 것이다. 지구인들은 더듬이를 장착하면서 이 행성에 나 같은 존재가 나 혼자일 리 없다는 간절한 믿음과 나와 똑같은 믿음을 가진 이들과 손을 잡을 수 있을 거라는 뻔뻔한 소망과 나처럼 소망하는 이들을 외면해서는 안 된다는 갸륵한 사랑을 체험하는 것이다. 그래서 이 더듬이가 없으면 믿음, 소망, 사랑이 없는 아무것도 아닌 존재가 되는 것이다. 나는 휴대폰을 들어 문자를 다시 한번 확인했다.

윤지윤이 문자를 보낸 건 3시 13분이었다.

무늬 모해?

이 짧은 한마디를 몇 번이나 되풀이해 읽었다. 무늬, 무늬, 무늬, 무늬, 낯선 낱말이 내 몸으로 스며들었다.

책 봐.

단 두 자를 보내는 데 수 분이 걸렸다.

큰나무 10시 이따 봐.

윤지윤은 '그래'라는 내 짧은 대답을 읽지 않았다. 나는 대답에 붙은 1이 지워지지 않아 불안했다. 지워지지 않는 1은 방학식이 끝나고 친구들과 놀러 갔거나, 아니면 곧바로 학원에 갔을 것이라는 합리적인 추론 외에 극적이고 작위적인 사건 사고로 이어졌다. 나는 10분에 한 번꼴로 1의 유무를 확인했다. 1이 사라진 건 6시가 지나서였다. 1이 사라지면 평화가 올 줄 알았으나 아니었다. 1만 삼킨 무응답에 초조했다. 내 대답이 너무 짧았을까. 혹시 다른 사람이 확인해서 윤지윤은 내가 약속 장소에 나가겠다고 한 걸 못 본 건 아닐까. 나는 할머니가 만들어 놓은 파래무침과 오징어채볶음으로 밥 반 공기를 비울 때까지 마음을 비우지 못하고, 9시에 속초에서 출발한다는 이모의 문자에 '응'이라고 답한 뒤 바로 집을 나섰다.

겨우 9시밖에 되지 않았는데, 한겨울 구시장은 어둠에 가라앉아 있었다. 불을 켜놓은 상점은 구시장 사거리에 있는 24시간 콩나물해장국 식당하고 편의점뿐이었다. 두 곳 다 불은 환하게 밝혔지만, 사람은 보이지 않았다. 적막한 시장을 휘젓는 건 텅 빈 도로를 달리는 배달 오토바이뿐이었다. 노란 형광 테이프를 감은 가방을 뒤에 매단 오토바이는 사거리를 돌아 나와 신호도 무시한 채 쏜살같이 내달렸다. 순식간에 어둠 속으로 사라진 노란 띠는 거친 엔진 소리만 남겨 놓았다. 나는 문득 23일 밤, 이 도로를 달렸을 이진형이 떠올랐다. 만일 원조왕족발 사장의 주장대로 이진형이 오토바이를 훔쳐 탔다면, 이곳에 친구도 없다는 아이는 한밤중에 어디를 가려고 한 걸까. 나는 시장 골목을 가로질러 큰 도로 쪽으로 나가 건너편에 있는 원조왕족발 가게를 봤다. 마침 가게 앞에는 배달 오토바이가 세워져 있었고, 헬멧을 쓴 사람이 비닐봉지를 들고나와 가방에 넣은 뒤 요란한 소리를 내며 달렸다. 한밤중에 달리는 오토바이는 모두 목적지가 있다. 이진형의 목적, 열일곱 살의 아이가 어두운 밤길을 달려 가려 한 곳을 알아내야 한다. 나는 그날 이진형이 오토바이를 타고 달렸을 큰 도로를 따라 걸었다. 숨을 내쉴 적마다 입에서 흰 김이 뿜어져 나왔다.

윤지윤도 흰 김을 뿜어 대면서 큰나무 아래로 뛰어왔다. 나는 달려오는 윤지윤을 보고 나서야 약속이 깨질까 봐 종일 일렁이던 마음이 누그러졌다. 윤지윤은 헐떡이면서 제 코를 잡았다.

"추워. 코가 매워."

"겨울에는 건조해서 그래."

"정말? 추워서 그런 게 아니야?"

"응."

"모르는 게 없는 무늬, 가자. 오사강이 배달 알바한 애를 찾아서 만나기로 했대. 거봐. 오사강이 찾아낼 줄 알았어. 이 동네 애들은 다 오사강 손바닥 위에 있다니까."

윤지윤은 자연스럽게 팔짱을 끼면서 제 쪽으로 당겼다.

"빨리 가자. 너무 춥다."

윤지윤은 걸음이 빨라지면서 말도 빨라졌다. 학교 방학식을 어떻게 했는지, 학교 끝나고 친구들하고 노래방에 가서 뭘 불렀는지, 저녁으로 뭘 먹었는지, 학원 선생님이 무슨 옷을 입었는지, 학원 끝나자마자 택시 타고 온 얘기까지 윤지윤은 큰 소리로 쉬지 않고 말하다가 오사강이 있다는 카페가 보이자 사뭇 목소리가 줄어들었다.

"배달 알바 애도 모른다고 하면 어쩌지? 이진형이 배달한 게 아니라고 한 건 추측일 뿐이라고 하면?"

"왜 그런 추측을 했는지 묻고, 다른 방법으로 확인해 봐야지."

"맞아. 그 알바가 잘 모른다고 해도 우리 포기하지 말자. 그런데 나 한 시간 안에 끝나야 해. 오늘 우리 엄마 친구들하고 저녁 약속 있거든. 송년회가 나를 살렸지. 그래도 나 감시하려고 11시쯤에는 들어올 거야. 요즘 우리 엄마 컨디션이 안 좋아. 그분 딸내미 성적이 기대 이하라서. 엄마 들어오기 전에 집에 가 있어야 화를 면할 수 있어."

"화?"

"재앙 화야."

"재앙?"

"응."

나는 윤지윤의 목소리가 진지해서 말을 더 붙이지 못했다. 윤지윤은 내가 아무 말이 없자 팔꿈치로 내 옆구리를 툭 쳤다.

"이 시대에 고3으로 사는 게 재앙이지 뭐."

윤지윤은 팔짱 낀 팔을 풀면서 카페 안으로 쑥 들어갔다. 꽤 큰 카페는 빈자리 없이 사람이 꽉 차 있었다. 스피커에서 흘러나오는 노랫소리와 사람들의 목소리는 높은 천장에 반사되어 흩어지며 큰 울림을 만들어 냈다. 문 옆 통유리에 바짝 붙은 자리에 앉아 있던 오사강이 손을 번쩍 들었다.

윤지윤은 오사강 앞에 앉으면서 깁스한 다리를 안쓰럽게 내려다봤다. 깁스한 발에 신겨져 있는 파란 샌들 앞으로 발가락 끝이 나와 있었다.

"괜찮아? 아프지 않아? 발가락 시리지?"

"안 괜찮고, 발가락 시린 건 문제도 아니야. 가려워 죽겠다."

오사강은 전혀 죽을 것 같지 않은 표정으로 무덤덤하게

말하면서 나를 봤다. 나는 오사강의 눈을 똑바로 보는 게 쑥스러워 괜히 우둘투둘한 콘크리트가 그대로 보이는 높은 천장을 올려다봤다.

"날이 추워서 여기로 들어온 거야. 김태주는 알바 끝나고 올 거야. 아, 족발집에서 배달했던 애 이름이 김태주야. 걔 오토바이 배달 알바 관두고, 고깃집에서 일하더라고."

"너하고 친해?"

윤지윤은 물으면서 오사강 몸에 붙은 머리카락을 떼어 줬다.

"내 친구의 친구. 참 여기 음료수 다 주문하지 않아도 돼. 두 개만 시키자."

오사강은 주머니에서 만 원짜리 지폐를 꺼내 테이블 위에 올려놓았다.

"아냐. 세 개 시켜도 돼. 나 돈 있어."

윤지윤이 가방에서 지갑을 꺼냈다. 나도 얼른 주머니에서 지갑을 꺼냈다. 나야말로 이모가 주고 간 카드 말고도 돈이 꽤 있었다. 할머니는 용돈을 넉넉히 주고도, 가끔 5만 원짜리를 내 지갑에 슬쩍 넣어 놓았다. 지금 내 지갑에는 기말고사 볼 적에 할머니가 지갑에 넣어 놓은 5만 원짜리 지폐 두

장이 고스란히 들어 있었다.

"내가 살게. 이런 카페에서 주문해 본 적이 없어서 한번 해 보고 싶어."

내 말에 오사강과 윤지윤이 동시에 말했다.

"진짜?"

"응. 처음이야."

"정말 너 뭐냐? 완전 모범생인 거야? 여태 친구들하고 카페도 안 와 보고 뭐 했어? 너 설마 공부만 한 거야?"

윤지윤이 놀리듯 말하면서 빙글빙글 웃었다.

"아니, 같이 올 친구들이 없었어."

"정말 무늬는 무슨 얘기든지 다큐로 받아."

윤지윤이 내 팔목을 슬쩍 잡았다. 오사강은 테이블에 내놓은 만 원을 내 쪽으로 밀면서 말했다.

"그럼 나는 우유, 김태주도 우유 주문해 줘. 참, 여기는 고구마라떼가 맛있다고 하더라."

"우유? 운동하는 사람들은 커피 안 마셔?"

"비싸잖아. 물 한 잔에 몇천 원씩 쓰는 거 아깝잖아. 여기서 우유가 제일 싸."

"진짜 둘 다 다큐야. 이건 자존감인 거지. 너네는 자존감이 빳빳한 거야. 나처럼 자존감이 꼿꼿꼿한 사람은 흉내 내기 어려워. 빳빳한 무늬야 가자. 그리고 빳빳한 오사강, 너는 고구마라떼 먹어. 무늬가 쏜다잖아. 카페 생애 첫 주문을 우유로 할 수는 없지."

윤지윤이 벌떡 일어나면서 나한테 손을 내밀었다. 나는 윤지윤을 따라가 생전 처음으로 카페 주문대 앞에 섰다. 윤지윤은 카페모카를 먹겠다면서 뭘 올리고 추가해 달라고 하는데, 도통 알아들을 수가 없었다. 나는 머뭇대다가 고구마라떼 세 개를 주문했다. 윤지윤은 종업원이 내준 진동 벨을 받아 챙기면서 내 귀에 대고 말했다.

"사람들이 커피 주문하면서 주문을 외듯 길게 말하잖아. 뭣 좀 있는 것처럼 보이려고 그러는 건데 알고 보면 커피 추가하고, 크림 없고, 시나몬 뿌리고 그런 거야. 별거 아냐."

"응."

윤지윤은 내가 주문하면서 당황할까 봐 일부러 따라나선 것이다. 윤지윤은 자리로 돌아와 진동 벨을 테이블에 놓으며 말했다.

"무늬 첫 주문 성공!"

오사강이 나를 보고는 빙긋 웃었다.

"장하네."

할머니가 나한테 가장 많이 한 말이 장하다였다. 내가 빨래를 다 개켜 놓았을 때, 운동화를 빨았을 때, 비가 많이 오는 날 집에 혼자 왔을 때, 밥 한 공기를 다 먹었을 때, 성적을 잘 받았을 때, 상을 탔을 때……. 할머니의 장하다는 대단하거나 훌륭하다는 의미가 아니었다. 장하다는 손녀가 어설프게 자라고 있는 모습을 지켜보는 할머니의 감탄사다. 나는 그 감탄사를 들으면서 내가 정말 장하게 크고 있을지 모른다고 생각하기도 했다. 할머니처럼 나한테 장하다고 한 오사강이 어쩐지 친근하게 느껴져서 눈을 마주 볼 수 있었다.

김태주는 셋이 음료수를 반쯤 먹었을 때 카페 안으로 들어왔다. 물감을 흩뿌린 듯한 울긋불긋한 스냅백을 쓴 김태주는 윤지윤과 나를 쓱 보고는 오사강 옆에 앉았다. 오사강은 미리 주문한 고구마라떼를 김태주 앞으로 당겨 놓았다.

"일이 늦게 끝났네."

"응. 오늘 송년회 하는 테이블이 있어서 다른 때보다 늦었어. 우리 원래 9시가 주문 마감이거든. 나는 숯을 달구니까, 대개 9시 반이면 끝나지. 너 다리는 괜찮아? 훈련 못 해서 어쩌냐? 대학 가려면 봄부터 대회 나가서 메달 따야 한다며."

김태주는 오사강의 다리를 내려다봤다. 오사강은 얼른 됐고, 하더니 나를 보면서 말했다.

"오늘 보자고 한 건 애들이 물어볼 게 있다고 해서야. 너 족발집에서 일할 때 오토바이 사고 난 애 때문에. 걔 잘 알아?"

김태주는 오사강 말에 이맛살을 찌푸리면서 고구마라떼를 반쯤 들이켰다.

"나 걔 잘 몰라. 같이 일한 건 한 달 조금 넘어."

"우리가 궁금한 건 이진형이 정말 오토바이를 훔쳐 탔냐는 거예요."

윤지윤이 허리를 곧추세우고 마치 수업 시간에 발표하듯 또박또박 말했다. 김태주는 고개를 내저었다.

"모르지. 나는 몰라요. 사장이 그렇게 말하니까. 사고 난 날 나는 출근도 안 했고."

"논리적으로 생각해 봐도 이상하잖아요. 사장 말대로라면 서빙하다가 나가서 식당 오토바이를 몰래 타고 나갔다는 거잖아요. 거기 알바를 그만둘 생각이 아니라면 그럴 수 없잖아요."

윤지윤이 조곤조곤 말했다. 김태주는 테이블에 떨어진 물 방울을 손가락 끝에 묻혀 끄적거리며 잠자코 있었다.

"거기 사장이 뭐라고 한 거야?"

오사강이 김태주 쪽으로 몸을 살짝 틀면서 물었다. 김태주는 손을 멈추고는 한숨을 푹 내쉬었다.

"사장 말이, 개가 알바 끝나고 나가서 슬그머니 오토바이를 타고 갔다는 거야. 그날 사장이 배달을 했는데, 키를 꽂아 놨다고 하더라고. 나야 못 봤으니까 그러냐 하고 말았지."

"그런데 너는 왜 거기 알바를 그만뒀어?"

"거기 사장이 잔소리가 심해. 그래서 진작에 그만두려고 했어. 아는 형이 소개해 준 데라 눈치 보여서 그만둔다는 말을 못 했지. 그 사고 나고 사장이 배달 대행 쓰겠다고 나가라고 한 거야."

윤지윤이 테이블에 팔꿈치를 올려놓으면서 몸을 바짝 붙였다.

"이진형 친구들 말로는 이진형이 말도 없고 착했다고 하더라고요. 그런 애가 사장이 잔소리가 심한데, 과연 오토바이를 몰래 탔을까요?"

"왜 나한테 그래? 나는 모른다고요."

김태주 목소리가 커졌지만, 음악 소리와 다른 테이블에서 떠드는 소리를 뚫을 만큼은 아니었다. 뒤에서 이제 우리 스물이 되는 거냐면서 호들갑을 떠는 목소리가 우리 테이블까지 침범했다. 우리 넷은 모두 입을 꾹 다물었다.

오사강이 고구마라떼를 벌컥벌컥 마시고는 입을 뗐다.

"이진형이라는 애가 우리 학교 제과제빵과에 편입했는데, 아직 친한 애가 없더라. 걔 장례식에도 간 애가 없었어. 외롭게 죽은 거야. 낯선 동네에서."

오사강의 낮은 목소리는 왁자지껄한 소음을 밀어냈다. 나는 테이블만 뚫어져라 보고 있는 김태주를 건너다보면서 입을 뗐다.

"장례식장에서 봤어요. 아무래도 이진형이 배달 나갔던 것 같다고 했잖아요. 사실은 사장님 말을 믿지 못한 거죠? 우리도 같아요. 우리도 심증만 있어요. 그래서 도와 달라는 거예요. 이진형이 그날 오토바이를 타고 어디로 갔는지, 왜 갔는지 알고 싶은 거예요. 사장 말대로 훔쳐 탔을 수도 있어요. 그런데 만일 아니라면, 그러면 이대로 묻어 둘 수 없잖아요."

잡지를 읽을 때 말고는 이렇게 길게 말을 해 본 적이 없었다. 말을 끝내자 가슴 안에 가득 차 있던 무언가를 왈칵 쏟아 낸 기분이었다. 윤지윤이 팔꿈치로 내 팔을 툭 치면서 엄지를 세웠다. 김태주가 고개를 들고 머뭇머뭇 얘기했다.

"나도 이상하긴 해요. 그런데 증거가 없어. 나도 찜찜한데, 알 방법이 없어. 그냥 주문한 거면 카드단말기를 갖고 가야 하거든. 그럼 배달했다는 걸 딱 알지. 그런데 단말기를 안 갖고 간 걸 보면 배달앱으로 주문한 걸 수도 있는데. 그건 사장만 아니까. 아무튼 나도 배달하는 애들한테 그날 걔를 봤냐고 물어봤는데 본 애가 아무도 없어."

"응. 나도 알아보니까 본 애들이 없더라. 연말이라서 그날도 배달이 많았을 텐데, 이 동네 배달 알바 중에는 본 애가 없어. 그런데 진짜 알아낼 방법이 없을까?"

오사강의 물음에 윤지윤이 휴대폰을 들어 시간을 확인하고는 빠르게 대답했다.

"있을 거야. 4차 산업혁명을 말하는 세상에 오토바이 행적 하나를 못 찾아낸다는 건 말이 안 돼."

"4차 산업혁명이 뭘 할 수 있는데?"

오사강이 어이없다는 듯 웃었다.

"그러니까 우리가 혁명적인 방법을 생각해 보자는 거지.

일단 나는 오늘 집에 가야 해. 지금 못 가면 열여덟 살이 내 인생 끝일 수도 있어."

윤지윤이 가방을 챙겨 일어서는데, 김태주가 윤지윤을 멀뚱하게 보다가 오사강에게 물었다.

"그런데 너네 이진형하고 무슨 사이야?"

"우리? 동네 누나들."

오사강의 웃음기 없이 진지한 목소리에 김태주가 어처구니없어했다. 윤지윤은 웃음을 터트리며 도로 주저앉았다.

"맞다. 우리 동네 누나들이네. 오사강은 생일이 언제야?"

윤지윤의 뜬금없는 질문에 오사강이 검지 하나를 들어 보였다.

"1월."

"무늬는?"

"나는 5월."

"그럼 오사강이 큰 누나, 무늬가 둘째 누나, 내가 막내 누나네."

"헐. 너네 진짜 뭐냐?"

김태주가 입을 쩍 벌리면서 셋을 번갈아 봤다.

"그런데 진짜 너네 어떤 친구야? 얘네 둘은 동네에서 통

못 본 것 같은데?"

김태주가 나와 윤지윤을 턱으로 가리키면서 오사강에게 물었다. 오사강이 입을 떼기 전에 윤지윤이 가방을 들고 다시 일어서면서 큰 소리로 말했다.

"우리는 좋은 친구! 친구들 미안, 나는 목숨이 달려 있어서 지금 간다. 내년에 보자! 해피뉴이어!"

윤지윤은 손을 흔들면서 카페 밖으로 튀어 나갔다. 카페에 남은 셋은 유리창 너머로 윤지윤이 택시를 잡아타는 모습을 지켜봤다. 윤지윤은 차에 타자마자 차창을 내리고는 두 팔을 뻗어 우리 쪽으로 손가락 하트를 만들어 보였다.

김태주가 헐을 몇 번이나 되풀이했다.

"헐! 오사강, 너 진짜 재미있는 애들하고 노는구나."

"그렇지."

오사강이 웃으면서 나를 봤다. 나도 오사강처럼 입꼬리가 저절로 올라가면서 웃음이 나왔다. 윤지윤이 그새 문자를 보냈다.

정말 의미 있는 송년회였어. 고마워. 제야의 종소리 들으면 내년이 기대돼서 가슴이 벅찰 것 같아. 우리 잘 해낼 거야. 동네

누나들 파이팅! 좋은 친구들 파이팅!

오사강은 문자를 보고는 웃으면서 휴대폰을 주머니에 집어넣었다. 나도 내 더듬이를 손에 꼭 쥐었다. 내 열여덟 살의 마지막 밤이었다.

노 란   대 문

새해 아침 이모는 냉동실에 얼린 곰국을 녹여 떡국을 끓
였다. 할머니가 세상을 떠난 지 일주일이 지났지만, 우리 입
에 들어가는 건 여전히 할머니 손으로 끓이고, 무치고, 볶
고, 할머니 입으로 간 본 것들이었다. 나는 반찬을 그릇에
아주 조금씩만 덜어 놓았다.

"반찬 좀 더 놓지. 왜."

"떡국 먹는데 뭐."

"너 떡국에 밥 말아 먹잖아."

이모는 밥 한 공기를 떠서 상 위에 올려놓았다. 모든 것이
똑같았다. 이모와 나는 할머니가 하던 대로 밥상을 차리고,
보리차를 끓여 냉장고에 넣고, 설거지를 하고는 수세미와 행
주를 삶아서 마당 한가운데에 빨래 건조대를 펼쳐 널어놓

왔다. 아침 볕이 슬며시 마당 안으로 들어와 행주 끝에 머물렀다.

할머니는 일을 나가지 않는 날 이렇게 볕이 좋으면 행주를 널고 대청마루 앞에 놓인 긴 의자에 한참 동안 앉아 있었다. 할머니의 시간이었다. 할머니는 마당 때문에 이 집을 샀다고 했다. 작아도 온종일 해가 드니 꽃밭을 만들어 봄에는 꽃씨를 뿌리고, 겨울에는 김칫독을 묻을 생각이었다. 그런데 어느 날 일하고 돌아오니 남편이 마당에 시멘트를 발라 놨더란다. 제멋대로. 평생 자기 자신만 애달파했다는 할아버지를 할머니는 김장할 적마다 원망했다. 할머니는 할아버지가 돌아가신 뒤에야 마당에 꽃밭을 가꿨다. 할머니의 꽃밭에는 여름이면 빨간 다라이에 심은 앵두나무에 앵두가 열리고, 담벼락 아래 가지런히 놓여 있는 화분에 선홍빛 백일홍과 보랏빛 수국과 자잘한 분꽃이 피었다.

여름에 할머니는 더 오래 마당에 있었다. 할머니는 꽃을 보며 중얼거리곤 했다. 저리 고운데……. 할머니의 말줄임표가 눈물이라는 걸, 그리 곱던 분꽃이 져서 땅에 떨어지면 일일이 주워 할머니 손바닥에 올린 것은 물크러진 분꽃이 아니라 눈물이라는 걸 나는 알고 있었다.

이모는 커피를 마시면서 할머니가 앉았던 그 자리에 할머니처럼 앉아 있었다. 살짝 굽은 어깨와 고개를 앞으로 수굿하게 하고 앉은 모습이 영락없는 할머니였다. 나는 설핏 이모의 뒷모습을 보고는 가슴이 철렁 내려앉았다. 이모는 겨울눈이 돋아난 앵두나무를 보고 있었다.

겨울눈을 감싸고 있는 비늘 같은 껍질을 아린이라고 하는데, 봄바람이 불고 앵두꽃이 피면 아린은 벗겨진다. 아린은 떨어져 나가면서 흔적을 남겨 나무의 나이를 가늠할 수 있다. 아린흔은 나무가 혹독한 겨울을 버텨 냈다는 영광스러운 표식이다. 지난겨울 할머니한테 읽어 준 글이었다. 그때 할머니는 대뜸 말했다.

"그 아린이라는 게 아리다는 말에서 왔나 보다. 자식을 품고 있는 게 아린 일이지. 그리 품고 있다가 때가 되면 떨어져 나가야 하는데……."

할머니는 말을 흐렸다. 할머니가 아려서 차마 하지 못한 말을 나는 알고 있었다. 할머니는 자신이 품고 있는 손녀딸을 보면서 아리고 슬픈 그 여름에서 단 하루도 벗어나지 못했다. 할머니처럼 쓸쓸하게 앉아 있는 이모도 그럴 것이다. 나는, 그래서 마음이 아리다.

"희야, 오늘 서울 서점이라도 갈래? 집에만 있으면 답답하잖아. 날도 포근해서 돌아다니기 좋겠어. 전철 타고 가자. 맛집 찾아봐서 맛있는 것도 먹고. 어때?"

이모는 집 안으로 들어오면서 밝은 목소리로 말했다. 이모 말에 선뜻 대답하지 못하는 내 자신이 어처구니가 없었다. 나는 아침에 눈을 뜨면서부터 틈만 나면 휴대폰 문자를 확인하고 있었다. 떡국을 먹다가도 설거지를 돕다가도 마당에 우두커니 앉아 있는 이모를 보다가도 할머니 생각에 울컥하다가도 틈새만 보이면 기어코 머리를 들이밀면서 슬쩍 빠져나가 그들이 있는 쪽으로 내달렸다. 나는 그들만 보고 있었다. 그런 나를 말릴 수가 없었다.

이모는 내가 못 들은 줄 알고 문 앞에서 다시 말했다.

"희야, 서울 서점에 갈래?"

"이모, 그게……."

"왜? 약속 있어?"

"아니……."

"그럼?"

"사실은 약속이 생길까 봐 기다리고 있어. 약속이 안 생길 수도 있는데, 약속이 생기면 바로 가야 할지도 몰라서. 급한 일이라서, 하루라도 빨리 해결해야 하는 일이라서."

이모는 나를 빤히 보다가 빙긋 웃었다.

"우리 조카 연애해? 두서없이 말이 길어졌네. 말 짧은 아가씨가."

"아니 이모. 연애하는 게 아니고. 친구들이야."

"그래, 네 나이에는 친구가 최고지. 우리 희가 진짜 친구들이 생겼구나."

이모는 방으로 들어와 내 어깨를 토닥이고 나갔다. 진짜 친구들⋯⋯. 초등학교 때 이모가 친구에 대해 물을 적마다 나는 반 애들 얘기를 해 줬다. 학교에서 책가방을 잃어버린 줄 알고 담임선생님이 학교 구석구석을 뒤지고 다녔는데, 집에 가 보니 현관문 앞에 아침에 놓고 온 책가방이 떡하니 있더라는 친구는 2학년 때 내 앞자리에 앉은 아이였고, 여름방학 때 엄마 고향인 중국에 가서 할아버지하고 오토바이를 탔다는 아이는 4학년 때 내 뒷자리에 앉은 아이였다. 내가 이모한테 말해 준 친구들은 교실에서도 나와 길게 얘기해 본 적이 없었다. 그걸 이모도 알고 있었을 것이다. 내가 친구가 없다는 것을, 아니 내가 친구를 사귀지 못한다는 것을. 사실 나는 누군가 가까이 다가올까 봐 두려웠다. 내가 어떻게 이 세상에 아직 존재하는지 들킬까 봐 겁났다. 그런데 나는 지금 책상 위에 올려 둔 휴대폰에 꼼짝없이 묶여 있다. 윤지윤은 어젯밤 엄마보다 먼저 집에 들어가서 재앙을 면했을까? 오사강은 집에 갈 적에 발가락이 시리지 않았을까? 깁스한 다리가 여전히 많이 가려울까? 카페에서 나오면서 머쓱한 표정으로 밑도 끝도 없이 미안하다고 한 김태주는 오늘도 고깃집에서 숯을 달굴까?

이모는 낮잠을 자고 일어나서 김치전을 부쳤다. 우리는 마당으로 나가 긴 의자에 나란히 앉아 김치전을 찢어 먹었다.

"김치냉장고에 김치가 꽉 차 있어. 우리 엄마 손도 크지. 백반집 할 때 김장을 300포기씩 하던 사람이라 2, 30포기 하는 건 성에 안 차는 거야. 이번에도 70포기나 했다면서?"

"응."

"김장할 때 말하라니까 말도 않고. 하긴 누가 옆에서 도와주는 것도 싫어하지. 본래 그랬어. 장사할 때도 그 많은 걸 혼자 했어. 그 고집은 아무도 못 말려. 으이구 노인네."

"이모, 할머니는 왜 백반집을 관두셨어? 장사가 아주 잘되었다고 하던데."

"내 자식도 못 먹이면서 남을 어떻게 잘 먹이겠냐고……."

이모는 말을 하다 뚝 끊어 버렸다. 이모가 나를 슬쩍 보는 게 느껴졌다. 나는 아무렇지 않은 듯 김치전을 우물우물 씹으면서 빛이 기울어도 환하게 노란빛을 뿜어내는 대문을 바라봤다. 노란색은 행복을 상징한다. 할머니는 노란 대문 안에서 행복한 적이 있었을까? 나는 자주 행복했다. 그래서 슬펐다.

"네가 좋아한다고 대문에 노란색 칠한 거 보고 놀랐어. 우리 엄마 엉뚱한 데가 있는 줄 몰랐어."

"할머니 재미난 얘기 잘하셨어."

"그러니까. 나는 그런 모습을 못 보고 자랐어. 새벽에 나가 밤늦게야 들어왔으니까. 집에 와서도 아버지 등쌀에 허리를 못 폈어. 우리 아버지 평생 우리 엄마 등골 빼 먹다 가셨지. 자식들한테도 차가웠어. 말 한마디를 곱게 안 했어. 그러지만 않았어도……."

이모는 또 말을 끊어 먹고는 김치전 반죽을 마저 다 부쳐야겠다면서 일어섰다. 그때 휴대폰 진동이 울렸다.

"우리 희, 목 빠질 뻔했는데, 다행히 연락이 왔네."

이모가 웃으면서 집으로 들어갔다. 나는 온종일 옆에 붙이고 다닌 휴대폰을 가만히 내려다봤다. 문자가 아니었다.

휴대폰 화면에 친구2가 떴다. 나는 숨을 크게 들이쉬었다 내쉬고는 손가락으로 통화를 터치했다.

"무늬야, 뭐 해?"

"응?"

"나 미장원 간다고 하고 집에서 빠져나왔어. 지금 바로 나올 수 있어?"

"어디로?"

"오사강이 집으로 오래. 밖에 나올 수 없다고."

"집으로?"

"응. 내가 동 호수 보낼게."

"응."

나는 전화를 끊고는 망설였다. 남의 집에 한번도 가 본 적이 없었다. 교실에서 아이들이 자기 집 얘기를 할 적마다 나는 그들이 어떤 집에 사는지 궁금했지만, 가 볼 기회가 없었다. 나는 방으로 들어와 패딩을 챙겨 입고 나왔다. 이모가 부엌에서 머리를 쏙 내밀었다.

"희야, 친구들 어디서 만나?"

"친구 집에서."

"그래? 잘됐다. 김치전 좀 가져가서 친구들하고 먹어. 이 동네지?"

"응. 7단지. 근데 괜찮아."

"가까워서 식지도 않겠네. 잠깐만."

이모는 김치전을 가위로 먹기 좋게 자르고 포일에 싸서 작은 쇼핑백에 넣어 줬다.

"천천히 놀다 와. 혹시 늦어지면 이모가 준 카드로 친구들하고 뭐라도 시켜 먹어. 가만 오늘 치킨집 하려나. 친구들하고 치킨 먹으면 맛있을 텐데. 아니면 피자를 먹든지."

조카가 생전 처음 친구 집에 놀러 간다는 것을 뻔히 아는 이모는 들떠 있었다.

"응. 그렇게."

"재미있게 놀아."

"응."

나는 이모가 준 쇼핑백을 들고 노란 대문 앞에 섰다. 할머니는 어린 손녀가 낯선 동네에서 길을 잃지 않고 집을 잘 찾아올 수 있게 도드라지는 색깔의 페인트를 칠했을 것이다. 다행히 손녀는 단 한 번도 길을 헤매지 않고 집으로 잘 돌아왔다. 하지만, 어쩌면 손녀는 한번도 노란 대문 밖 세상으로 나간 적이 없는지 모른다.

나는 대문을 활짝 열고 나가면서 중얼거렸다.

할머니 나, 친구네 갔다 올게.

실 마 리

7단지는 초등학교 때부터 날마다 지나다니는 곳이었다. 7단지 밖에 있는 놀이터를 가로질러 여름에는 덩굴장미가 피는 낮은 울타리 따라 돌면 아파트 단지 안으로 들어가는 입구가 나온다. 오사강 집은 입구에서 가장 가까운 동이었다. 나는 몇 번이나 동과 호수를 확인하고는 입구로 들어가 6층까지 계단으로 올라갔다. 603호. 잿빛 철문에 붙어 있는 호수를 보면서 나는 선뜻 벨을 누르지 못하고 망설였다.

무늬, 어디야?

윤지윤의 문자였다. 무늬, 고작 며칠 만에 무늬가 익숙해졌다. '늬'는 한글 중에 가장 비정형적이라서 '무'가 없다면 문자가 아니라 부호처럼 보이기도 한다. 며칠 새 생경한 늬가 오래 입에 달고 있었던 낱말처럼 입에 착 달라붙었다. 나는 무늬의 힘에 이끌려 손을 뻗어 초인종을 눌렀다.

초인종 소리가 그치기 전에 윤지윤이 현관문을 활짝 열었다.

"빨리 들어와."

윤지윤이 내 팔을 잡아끌다가 손에 들린 쇼핑백을 보고는 안을 슬쩍 들여다봤다.

"뭐야? 오, 좋은 냄새! 먹을 거 싸 왔구나. 그러지 않아도 배고파서 지금 오사강이 라면 끓여. 이거 뭐야?"

"김치전."

"와, 나 진짜 좋아하는데. 오사강, 무늬가 김치전 싸 왔어!"

윤지윤이 쇼핑백을 낚아채서 집 안으로 들어간 뒤 나는 신발을 벗고 쭈뼛쭈뼛 따라 들어갔다. 나는 두리번거리지 않으려고 윤지윤의 등만 바라봤다.

"왔어?"

오사강은 가스레인지 앞에 깁스한 다리를 뻗치고 삐딱하게 서 있다가 뒤를 돌아봤다.

"너도 라면 먹을 거지?"

오사강의 말투는 내가 어제도 그제도 이 집에 와서 라면을 먹은 것처럼 자연스러워서 생각할 겨를도 없이 고개를 끄덕였다. 윤지윤은 쇼핑백에서 포일을 꺼내 식탁 위에 펼치면서 김치전 한 조각을 집어 먹었다.

"진짜 맛있어. 엄마가 하신 거야?"

"아니. 이모."

"이모가 오셨어?"

"응. 이제 이모랑 살 거야."

내 말에 윤지윤이 대수롭지 않게 고개를 끄덕였다.

"아, 그렇구나. 이모 음식 솜씨 좋으시다."

윤지윤은 내가 왜 이모랑 사는지 묻지 않았다. 오사강도 관심을 보이지 않았다. 윤지윤은 김치전을 내 입에 하나 넣어 주고는 오사강 입에도 넣어 줬다.

"동생도 갖다줄까?"

"놔둬. 나와서 먹으라고 해야지."

오사강은 라면에 달걀을 깨서 넣고는 소리쳤다.

"오우승! 빨리 나와. 안 나오면 국물도 없다!"

"동생 이름이 우승이래. 진짜 패기 있는 이름 아냐? 누나는 사강인데 동생은 우승."

"오사강이 4강이었어?"

"몰랐어?"

"나는 작가 이름인 줄 알았어. 프랑스 작가, 프랑수아즈 사강."

"오 프랑수아즈 사강! 오사강, 정말 프랑스 작가 이름 딴 거 아냐?"

윤지윤은 건조대에서 젓가락과 공기 네 개를 챙겨 식탁에 놓고는 의자에 털썩 앉았다. 아주 익숙한 몸짓이었다. 오사강은 라면 냄비를 식탁으로 가져오면서 나한테 턱짓을 했다.

"냄비 받침! 프랑스 사강 아냐. 8강 4강 할 때 사강이지. 우리 엄마도 아빠가 그 작가 생각하고 사강이라고 한 줄 알았대. 설마 자기 딸을 월드컵 4강을 기억하려고 사강이라고 할 줄은 모른 거지. 정말 운동선수한테는 최악인 이름이지. 4강만 한다는 거 아냐. 무늬야, 거기 냄비 받침."

"응?"

"거기 있잖아."

식탁 위에는 벼룩시장 신문이 펼쳐져 있었다. 나는 얼른 신문을 반으로 접어 식탁 한가운데 놓았다. 오사강은 벼룩

시장 위에 냄비를 내려놓고는 냉장고에서 반찬통을 꺼내면서 다시 소리쳤다.

"오우승!"

오사강의 벼락같은 고함에 거실 안쪽 방문이 열리면서 키가 작고 머리가 곱슬곱슬한 남자아이가 옆구리에 책을 낀 채 나왔다. 삼국지였다.

"너 또 먹으면서 책 보면 진짜 혼날 줄 알아."

오사강은 김치가 담긴 반찬통 뚜껑을 열어 식탁에 내려놓으면서 동생에게 엄포를 놨다. 오우승은 나를 멀뚱히 보면서 식탁 의자에 앉았다.

"책!"

오사강이 지적하자 오우승은 책을 얼른 등 뒤로 빼놓았다. 오사강은 의자에 앉으면서 서 있던 내게 앉으라고 손짓했다. 윤지윤은 벌써 젓가락을 들어 냄비에서 라면을 건져 올렸다.

"라면 냄새 죽인다. 집에서 끓인 라면 정말 오랜만에 먹어. 면이 꼬들꼬들해. 완전 내 취향이야."

오사강은 동생에게 라면을 덜어 줬다.

"오우승, 김치전도 먹어. 맛있어. 이 누나가 갖고 온 거야."

오사강이 나를 손가락으로 가리키자 맞은편에 앉은 오우
승이 양손을 식탁 아래로 내리고는 공손하게 머리를 숙였
다.

"고맙습니다."

나는 어색하게 같이 고개를 숙였다. 무슨 말이든 해야 하
지 않을까……, 생각은 맴도는데 입이 떨어지지 않았다. 윤
지윤은 귀엽다면서 오우승한테 눈을 떼지 못했다. 하지만 오
우승은 누나들의 시선을 아랑곳하지 않고 라면 먹는 데 집
중했다. 나도 젓가락을 들어 냄비에서 라면을 덜어서 먹기
시작했다. 라면은 맛있었다. 넷은 국물까지 싹 비운 뒤에 김
치전까지 남김없이 먹어 치웠다. 말 많은 윤지윤도 먹는 동
안 한마디도 하지 않았다. 먼저 입을 뗀 건 오사강이었다.

"근데 윤지윤, 너 미장원 간다고 집에서 나온 거라며?"

"그러니까. 그래서 미장원이 다 문 닫아서 찾아다니다가
늦었다고 하려고."

"말이 되냐? 휴일이라고 미장원이 다 놀겠냐?"

"그럼 어떡하지? 머리 자를 시간은 안 될 것 같은데."

"자르려는 거야?"

"응. 밑에만 살짝 다듬으려고. 아예 묶고 들어갈까? 잘랐

다고 하고."

윤지윤은 어깨까지 오는 긴 머리를 위로 감아 올렸다.

"너는 절대로 거짓말하지 마라. 바로 들킬 거야. 가만있어
봐. 밑에만 다듬는 거면 내가 해 줄게."

"오사강, 너 머리 자를 수 있어?"

"이래 봬도 내가 뷰티학과야. 커트부터 파마 염색 다 한다
고."

"너 태권도 선수잖아."

"선수는 수업 안 듣고, 시험 안 봐? 내가 뷰티학과에서
솜씨 좋기로 유명해."

오사강 말이 끝나자마자 라면 그릇을 옆으로 밀어 놓고
삼국지를 읽던 오우승이 책에서 눈을 떼지 않은 채 중얼거
렸다.

"자화자찬."

"뭐라고?"

오사강이 째려봤지만, 오우승은 태연하게 책만 들여다봤
다. 윤지윤이 큰 소리로 웃으면서 오우승 머리를 쓰다듬었다.

"너 3학년이라면서 자화자찬도 알아? 너, 누나를 한마디
로 제압하는구나. 역시 오사강 동생이네."

"청출어람."

오우승은 천연덕스럽게 말하면서 책장을 넘겼다. 오사강은 한숨을 내쉬면서 고개를 내저었다.

"걔 냅둬. 자꾸 대꾸하면 끝이 없어. 아무튼 지윤아, 아예 지금 머리를 자르자."

오사강은 방으로 들어가 작은 가방을 들고나왔다. 오사강은 가방에서 은빛 작은 가위가 여러 개 들어 있는 파우치와 촘촘한 빗을 꺼내 식탁에 가지런히 올려놓았다. 오사강은 손님을 맞은 헤어디자이너처럼 진지했다.

"밑에만 살짝 정리하면 돼?"

"응."

오사강은 윤지윤이 대답하자마자 보자기를 둘러 주고는 빗과 가위를 들어 능숙하게 머리카락을 잘랐다. 나는 오사강이 윤지윤 머리를 자르는 동안 설거지를 했다. 모든 게 지나치게 익숙했다. 마치 우리는 아주 예전부터 학교가 끝나면 이 집에 모여 같이 밥을 먹고, 낄낄거리다가 해가 떨어지면 마지못해 엉덩이를 들면서 아쉬운 목소리로 내일 보자고 하던 사이 같았다.

나는 설거지를 끝내고 거실을 휘 둘러봤다. 소파 위에는 아주 큰 가족사진이 걸려 있었다. 가운데에 앉은 딸과 아들 그리고 양옆에 앉아 활짝 웃는 엄마와 아빠. 똑같이 흰 셔츠에 청바지를 입은 가족은 웃는 모습도 똑같았다. 완벽한 가족사진이었다. TV 광고에 나올 법한 가족. 나한테도 이런 사진이 있었을까? 내 사진은 그 여름에 다 태워졌고, 가족이 함께 사진을 찍은 기억도 남아 있지 않았다. 나에게는 이런 가족이 없었다.

나는 가위질을 하는 오사강과 굳건하게 식탁에 앉아서 삼국지를 읽고 있는 오우승을 보면서 그들이 살아온 시간을 생각했다. 오사강이 태권도 도복을 처음 입었을 때 오사강의 엄마와 아빠는 어떤 표정을 지었을지, 오우승이 태어난 날 오사강은 동생을 보며 뭐라고 했을지, 그들이 내 시간을 알 수 없듯이 똑같은 옷을 입고 찍은 가족사진이 없는 나는 그들의 시간을 짐작하기 어렵다.

오사강이 윤지윤의 앞머리를 자르다가 나를 돌아봤다.

"그래서 어떻게 할지 생각해 봤어?"

"응?"

"태주 말로는 족발 가게 CCTV도 없다고 하던데. 하긴 있다고 해도 우리가 그걸 볼 수는 없지."

오사강은 멀찌감치 떨어져 자신이 자른 앞머리를 보고는 다시 가위질을 했다. 윤지윤은 오사강이 하라는 대로 고개를 살짝 왼쪽으로 기울이면서 졸린 목소리로 말했다.

"그러니까 이제 우리가 직접 이진형이 배달을 했다는 걸 찾아내야 하는 거지? 그 가게 매출 전표를 보면 좋은데 방법이 없고. 우리 그 가게를 털까?"

"네 머리칼이나 털어. 이제 끝!"

오사강이 말하면서 가위를 식탁 위에 올려놓고는 스펀지로 머리칼을 털어 줬다. 윤지윤은 거울을 보고는 감탄했다.

"와, 대박! 앞머리 마음에 딱 들어. 미장원보다 훨씬 낫다. 오사강, 너, 못하는 게 뭐야?"

"수학."

윤지윤 말에 대답한 건 오우승이었다. 오사강이 참견하지 말고 방으로 들어가라고 소리쳤지만, 오우승은 눈 하나 꿈쩍하지 않고 버텼다. 오사강이 체념한 듯 청소기를 꺼냈다. 윤지윤이 얼른 청소기를 잡아 거실을 청소했다. 오우승은 손으로 귀를 막고는 책을 봤다.

우리는 오우승과 함께 식탁에 둘러앉았다.

"내가 생각해 봤는데, SNS로 그날 원조왕족발에서 주문한 사람을 찾는 거야. 이것 봐."

윤지윤이 휴대폰을 켜서 식탁 위에 올려놓고는 SNS 화면을 보여 줬다. 화면에는 온갖 족발 사진이 빽빽하게 있었다.

"족발 맛집으로 검색하면 16만 개, 그냥 족발로 하면 백만 개가 넘어. 물론 이건 여기에서만. 다른 SNS 계정도 이 정도 되겠지."

"이건 이진형이 배달한 족발을 먹은 사람이 SNS에 올렸을 경우만 해당되잖아."

내 말에 윤지윤이 고개를 끄덕였다.

"그렇지. 내가 원조왕족발 상호로 찾아보니까 몇 개 되지 않는데, 모두 사고 이전이야. 원조왕족발이 아니라 족발로 사진을 올린 경우를 찾으려면 최근 사진만 찾아도 어마어마하긴 하지. 그런데 원래 수사는 아주 작은 가능성이라도 그냥 지나치지 말아야 하니까."

"내가 이 동네 애들한테 물어볼게. 그날 족발 주문해 먹은 사람이 있나. 그런데 그 방법밖에 없을까?"

오사강이 손가락을 꺾어 우드득 소리를 내면서 말했다. 나는 이진형이 배달을 했거나 안 했거나 어디로 갔는지 알고 싶었다.

"만일 이진형이 배달을 하지 않은 거라면 어디를 간 걸까? 지윤아, 네가 이진형 사고 난 지점이 어딘지 정확히 알지?"

"당연하지. 어제도 거기에 있는 꿈을 꿨어. 큰길에 있는 솔바람 도서관 알지? 도서관 건너편에 샛길이 있어. 거긴 설렁탕집하고 세차장이 있는데, 아마 그 시간에는 문을 닫았을 거야. 이진형은 그 샛길에서 나와 큰길로 진입하려다가 달려오는 차에 부딪친 거야. 뺑소니차가 이진형을 못 보고 박은 거래. 이진형 가족들이 경찰서에서 CCTV로 확인했대."

나는 윤지윤 말을 들으면서 그날 밤을 떠올렸다. 며칠 동안 눈이 와서 차가 잘 다니지 않는 길은 눈이 쌓인 채로 있었을 것이다. 만일 이진형이 오토바이를 타고 그저 달려 볼 생각이었다면 샛길이 아니라 달리기 쉬운 큰길로 나갔을 것이다.

"그 샛길은 어디로 통해? 그 길에도 집이 있어?"

"아니, 설렁탕집하고 세차장만 있어. 아, 그리고 공장 건물 같은 게 있어. 그 샛길은 8차선 도로로 나가는 길로 연결되어 있어. 지도로 보면 되겠네."

윤지윤은 휴대폰으로 지도를 검색했다. 위성 지도에 나타난 솔바람 도서관 주변은 온통 초록빛이었다. 도서관 뒤쪽 공원도 가로수도 샛길 옆 산자락도 한여름 빛깔을 띠고 있었다. 윤지윤은 샛길을 손가락 끝으로 따라가면서 말했다.

"봐, 이 길에는 식당, 세차장 하고 이 공장 같은 거만 있어. 혹시 큰길로 빨리 가려고 이 샛길을 가지 않았을까?"

"이 길로 차들이 많이 다녀?"

내 질문에 윤지윤이 고개를 내저었다.

"나 초등학교 때부터 이 도서관 다녔는데도 샛길이 있다는 걸 최근에 알았어. 차가 별로 없어."

"그렇다면 이쪽 지리를 잘 모르는 이진형이 이 길을 알았을 리 없어. 꼭 이 길로 가야 할 이유가 있지 않았을까?"

"이 건물!"

오사강이 파란색 지붕을 손가락으로 가리켰다.

"무늬 말대로 반드시 이 길로 가야 할 이유가 있었다면 이 건물도 뭔지 알아봐야 할 것 같아. 만일 공장이라면 야근하면서 배달을 시킬 수도 있어. 설렁탕집도 영업 끝나고 배달을 시켰을 수 있지. 세차장도."

"어쨌든 사고 현장부터 알아봐야겠네. 우리 내일 당장 가 보자."

윤지윤이 식탁을 주먹으로 탁 치자 놀란 오우승이 고개
를 번쩍 들었다.

"미안!"

윤지윤의 사과에 오우승은 괜찮다는 듯 어깨를 으쓱했다.
그러고는 조용히 말했다.

"중과부적, 누님들 내일 제가 같이 가 줄까요?"

헐……

누님들 입에서 동시에 흔한 감탄사가 튀어나왔다.

CCTV

　설렁탕집은 한 달 전부터 내부 수리 중이고, 세차장은 폐업한 지 꽤 된 것 같았다. 남은 곳은 파란 지붕 건물뿐이었다. 텅 비어 있는 세차장에서 50미터쯤 떨어진 파란 지붕 건물은 아주 큰 컨테이너에 지붕만 얹어 놓은 것처럼 보였다. 건물 앞은 자갈을 깔아 놓아서 그곳에서 막 빠져나가는 자동차 바퀴가 구를 적마다 돌이 으깨지는 것 같은 소리가 났다. 우리는 건물 입구에 매달려 있는 간판을 한참 동안 올려다봤다.

　"숲속 낚시터? 낚시용품을 만드는 건가?"

　윤지윤이 고개를 갸웃거렸다. 오사강은 목발을 번쩍 들어 건물 외벽에 일정한 간격으로 나 있는 창문을 가리켰다.

　"저기로 보면 보이겠네. 낚시용품 공장이겠지. 건물이 낚시터일 리는 없을 거 아냐."

오사강이 말하는 사이 윤지윤이 쪼르르 창문 아래로 달려갔다. 보기보다 창문이 높아서 윤지윤이 까치발을 해도 정수리가 창틀을 넘지 못했다. 윤지윤이 고개를 절레절레 흔들면서 돌아왔다.

"사람들 소리는 들리는데 안 보여."

"들어가 보자. 들어가서 물어보는 게 빠르겠지."

오사강은 목발을 짚고는 성큼성큼 입구 쪽으로 걸어갔다. 나와 윤지윤은 오사강 뒤를 나란히 따라갔다. 안에 들어서자 흐릿하게 물비린내가 났다. 문 앞에는 카운터가 있고, 카운터 옆에는 음료수와 맥주가 있는 냉장고가, 그 옆에는 과자가 반듯하게 늘어서 있는 진열대가 있었다. 그리고 카운터 맞은편 벽에는 낚싯대 여러 개가 세워진 받침대가 있었다. 그 벽 옆으로 안쪽으로 들어가는 통로가 보였다.

윤지윤이 통로 쪽으로 가서 기웃대더니 우리한테 와 보라고 손짓했다.

"정말 말도 안 돼!"

윤지윤의 놀란 목소리에 오사강과 나는 얼른 가 봤다. 안쪽에는 놀랍게도 진짜 낚시터가 있었다. 수영장처럼 물을 가둬 놓은 곳에 낚싯대를 드리운 사람들이 빙 둘러앉아 있었다. 그러니까 거대한 수조는 어항인 셈이었다. 맨 끝에 앉은 사람이 들어 올린 낚싯대에는 퍼덕거리는 큰 물고기가 매달려 있었다. 우리 셋은 생각지도 못한 풍경에 놀라 할 말을 잃었다.

"낚시하러 왔어요?"

등 뒤에서 들리는 목소리에 깜짝 놀라 뒤를 돌아봤다. 흰색 패딩 조끼를 입은 아주머니가 카운터 앞에 서 있었다.

"안녕하세요?"

윤지윤이 밝은 목소리로 인사를 하고는 카운터 앞으로 걸어갔다. 오사강과 나도 윤지윤 뒤에 바짝 붙어 섰다.

"학생들 낚시하러 온 거야?"

"아뇨. 아빠 찾으러 왔어요. 아빠가 여기로 낚시 가신다고 했는데……."

윤지윤은 얼른 둘러대던 말을 맺지 못하고 흐렸다.

"아빠? 그럼 들어가서 찾아봐요."

"아뇨. 지금 보니까 없어서요."

윤지윤이 고개를 절레절레 흔들면서 팔꿈치로 오사강을 툭 쳤다. 어떻게 해 보라는 거다. 아주머니는 과자 진열대를 정리하면서 우리를 힐끔거렸다. 윤지윤이 다시 오사강 등을 살짝 밀었다.

"나 환자야."

오사강이 소곤거리자 아주머니가 뒤를 휙 돌아봤다.

"뭐라고?"

귀가 밝은 아주머니는 머뭇거리는 우리 셋을 위아래로 훑었다.

"왜 그러는데?"

"사실 저희는 아빠를 찾으러 온 게 아니라 알아볼 게 있어서 왔어요."

나를 빤히 보는 아주머니의 매서운 눈길에 내가 섣부르게 나섰구나 싶었다. 아주머니는 과자 진열대에서 떨어져 카운터로 와서는 팔짱을 끼고 섰다.

"왜? 방학 동안 알바 구하려고? 여기는 알바 필요 없는데."

아주머니는 우리가 소중한 고객이 아니라 '을'의 자리를 청탁하는 것이라 지레짐작하고는 바로 '갑'의 위풍당당함을 드러냈다.

"여긴 알바를 써도 남학생을 써야 해. 여학생들은 낚시에 대해서 통 모르잖아. 가끔은 손님들 미끼도 끼워 줘야 해. 여자애들이 그런 걸 어떻게 하겠어?"

"아줌마도 여자면서, 여학생은 못 할 거라고 단정적으로 말씀을 하시냐."

윤지윤이 내 뒤에 바짝 붙어 서서 웅얼거렸다. 아주머니가 윤지윤을 힐긋 노려봤다. 그것 때문이었다. 나는 또 성급하게 나서고 말았다.

"여기는 미끼로 지렁이나 새우를 쓰나요? 사실 물고기의 먹이 활동은 먹이 때문만이 아니라 신호자극 때문일 가능성이 커요. 미끼가 중요한 게 아니라 물고기들의 측선에 감지되는 주파수에 영향을 미칠 때 물고기가 반응하는 거라서."

아는 체하는 내 말에 윤지윤은 대박이라고 했지만, 아주머니 얼굴은 일그러졌다. 아주머니는 나를 뚫어져라 보면서 말했다.

"학생, 여기가 무슨 체험학습장인 줄 알아? 아무튼 우리는 여학생 알바 안 쓴다고."

얘기가 엉뚱하게 흘러가고 있었다. 나는 괜한 말을 했다 싶었지만, 엎질러진 물이었다.

"저, 사장님 그게 아니고요."

결국 오사강이 나섰다. 오사강이 카운터 앞으로 바짝 붙어 서면서 공손하게 말했다.

"사실은 저희가 알바를 알아보려는 게 아니고요. 제 친구가 배달 알바를 하는데, 사정이 있어서요. 얼마 전에 여기로 음식 배달을 했는지 알아보려고 왔어요. 혹시 여기 손님들이 음식을 배달해 드시나요?"

"음식 배달?"

"네."

"여기 손님들이 배달해 먹지. 뒤에 휴게실이 있거든. 다들 거기서 짜장면도 시켜 먹고 그러지."

오사강의 공손한 태도에 바짝 치켜올려졌던 아주머니 눈이 누그러졌다. 오사강은 아, 그렇구나 하면서 고개를 주억거렸다.

"그런데 왜?"

"12월 23일 밤에 족발을 배달했는데요. 여기 손님이 결제한 카드가 문제가 있다고 해서요. 제 친구가 곤란한 처지라서 도우려고 왔어요. 혹시 그날 배달한 걸 확인할 방법이 있을까요?"

오사강은 천연덕스럽게 술술 말을 잘 지어냈다. 나는 오사강에게 방해가 될까 봐 잠자코 있었다. 윤지윤도 내 뒤에서 숨소리도 크게 내지 않고 있었다.

"12월 23일?"

"네."

"그날은 손님이 아주 많아서 정신없었을 텐데……"

"크리스마스 연휴 때고 그래서 손님이 많았겠네요. 여기 보니까 시설이 좋아서 잘되겠어요."

"그렇지. 이 정도 시설 갖춘 데가 없어서 서울에서도 많이 와. 그런데 그날은 매장을 우리 남편이 봤는데……"

"혹시 CCTV 없으세요? 그냥 배달한 것만 확인하면 되거든요."

"그래? CCTV야 입구하고 안쪽에도 있지."

윤지윤이 오사강을 왜 멋있다고 하는지 알 것 같았다. 오사강은 마치 힘을 쓰지 않고 상대방을 제압하는 무림의 고수와 같았다. 날이 바짝 서 있던 아주머니는 오사강의 말 몇 마디에 경계심을 풀고, 카운터에 있는 CCTV 모니터를 내줬다. 오사강이 카운터 안쪽으로 들어가 모니터 앞에 앉았을 때 윤지윤은 내 귀에 대고 속삭였다.

"오사강한테 불가능은 없어."

나는 고개를 끄덕였다. 카운터를 내준 아주머니는 뻣뻣하게 서 있는 우리를 못마땅하게 보다가 휴게실 표지판이 매달려 있는 문을 턱으로 가리켰다.

"입구에 있으면 손님들 오가는 데 방해되니까 저기 휴게실에 가 있지?"

"네."

윤지윤은 얼른 대답하면서 내 팔을 잡아끌었다. 오사강은 쫓겨나는 우리를 보고는 염려 말라는 듯 고개를 까딱했다.

둥근 테이블이 여러 개 있는 휴게실은 텅 비어 있었다. 모두 낚시에 열중하고 있는 것이다. 휴게실 벽에는 낚시하는 사람들의 모습이 그대로 보이는 큰 모니터가 달려 있었다. 우리는 모니터 앞에 놓인 테이블에 나란히 앉았다.

윤지윤은 모니터를 보면서 조용히 말했다.

"이제 다 된 거네. 그날 낚시하던 사람 중에 누군가가 족발을 시켜 먹은 거야. 밤늦게까지 낚시하다가 배가 고팠겠지. 정말 다행이다. 이게 확인되면 진실을 밝힐 수 있는 거잖아. 직접 와 보자고 한 건 정말 훌륭한 판단이었어. 잘했어

무늬!"

윤지윤이 엄지를 세우면서 웃었다.

"같이 생각한 건데 뭐."

나는 멋쩍어서 시선을 돌려 모니터를 바라봤다. 소리가
들리지 않는 모니터에는 낚싯대를 드리우고 앉아 있거나 미
끼를 끼거나 하는 낚시꾼들의 모습이 보였다. 까만 모자를
쓴 남자가 낚싯대를 당기면서 자리에서 일어났는데, 낚싯
대에 매달려 있을 물고기는 멀어서 보이지 않았다. 물고기
를 잡은 남자가 탄성을 지를 수도, 옆에 앉은 사람이 부러움
의 찬사를 보낼 수도 있지만 소리가 없는 세상은 고요하다.
CCTV에 담겨 있을지 모르는 이진형의 마지막은 소리가 없
는 기록이다. 소리가 없는 마지막 모습을 가족이 본다면 어
떨까. 마지막 음성조차 듣지 못한 가족의 슬픔을 나는 안다.
만일 할머니가 쓰러지는 모습이 담긴 CCTV를 본다면 나는
견딜 수 없을 것 같았다.

"우리 동영상을 찾으면 이진형 가족한테 보여 줘야 할
까?"

"무늬야, 진짜 그 생각은 못 했는데, 그래야 하는 거 아닐
까? 가족들이 알아야 할 테니까. 우리가 찾아가서 말해 줘

야겠지?"

"응."

"진짜 힘들겠다. 나는 너무 슬퍼서 말을 못 할 것 같아."

윤지윤의 눈시울이 붉어졌다. 그때 휴게실 문이 열리고 오사강이 목발을 짚으며 들어왔다. 윤지윤이 벌떡 일어나면서 물었다.

"벌써 찾았어? 이진형이 있어? 배달 온 거 맞아?"

오사강이 한숨을 내쉬면서 고개를 내저었다.

"아니. 없어."

"응? 배달을 안 한 거야?"

"나가자. 나가서 얘기하자."

오사강이 뒤돌아나가자 윤지윤이 얼른 따라갔다. 나도 일어나 둘을 따라나섰다. 카운터에 서 있던 아주머니는 우리를 보고는 뒤돌아서면서 계속 통화를 했다.

"아니, CCTV는 일 있을 때 확인하려고 달아 놓은 거 아냐? 아무나 보여 준 게 아니라, 우리 낚시터에 배달 온 사람 확인한다니까. 아니, 없어서 보여 주지도 못했잖아."

아주머니는 목소리를 낮춰서 소곤댔지만, 화가 잔뜩 난 억양이었다. CCTV를 보여 준 게 화근이라는 걸 짐작할 수 있었다. 우리 셋은 재빠르게 낚시터를 빠져나왔다.

오사강은 목발을 짚으면서 묵묵히 걸었다. 도서관 뒤로 불그스름한 노을이 번지고 있었다. 오사강은 큰길에 나와서야 입을 뗐다.

"CCTV만 있으면 그날 일을 증명할 수 있는 건데……."

"그런데 왜, 없어?"

윤지윤이 오사강 옆에 바짝 붙어 섰다.

"거기 사장 남편이, 아니 그 남편이 사장이라는데, 작년에 녹화된 걸 다 지웠대. 어제 지웠대. 하루만 빨리 왔어도 확인할 수 있는 건데."

"그걸 왜 지워? 보통 그런 건 일정 기간까지 보관해야 하는 거 아냐? 드라마 같은 데 보면 범죄 사실을 숨기려고 지우잖아. 그런 이유가 없지 않고서는 그냥 두는 거 아냐?"

윤지윤 목소리가 커졌다. 오사강은 고개를 내저었다.

"그런 의무가 없대. 오히려 오래 저장해 두면 위법이래. 지우는 건 업주 마음이래."

"말도 안 돼! 그럼 우리가 어제 왔으면 볼 수도 있는 거였어?"

"있어도 안 보여 줬을 거야. 나한테 CCTV 보여 줬다고 사장이 화를 내더라고. 우리 때문에 아줌마만 곤란해진 거지."

"본 것도 없잖아. 다 지워서. 그런데 뭐 난리를 치냐?"

"거기 오는 손님들 사생활 보호 때문에 막 보여 주면 안 된다는 거지. 일리 있어."

오사강이 한숨을 쉬었다. 윤지윤은 어깨를 축 늘어뜨렸다.

"증거를 찾기 힘들어진 거네. 그런데……."

윤지윤이 말을 하다가 말았다. 그런데? 오사강과 나는 윤지윤의 입에 집중했다. 윤지윤은 걸음을 멈추더니 손가락으로 길 건너 편의점을 가리켰다.

"배고파. 편의점 가서 라면이라도 먹으면서 생각해 보자."

오사강이 어이없다는 듯 웃으며 윤지윤 머리를 쥐어박는 시늉을 했다.

"으이구, 난 또 뭐 좋은 생각이 있다고. 기껏 한다는 얘기가 라면이냐?"

"나는 배가 고프면 머리가 안 돌아가. 뇌가 위에 붙어 있나 봐. 왜 빈정댈 때 아는 거 많아서 배고프겠다라고 하잖아. 그런데 나는 정말 머리를 쓰면 배가 무지 고파."

"네가 무슨 머리를 썼다고 그래. 공부한 것도 아닌데. 너,

도서관에 가방만 던져 놓고 온 거 아냐? 너 이렇게 공부에 소홀해도 되겠냐? 그 학교 빡센 거 아냐?"

"내 가방이 열공하고 있겠지. 아무튼 뭐든 먹자! 먹으면 아이디어가 샘솟을 수도 있어."

윤지윤은 신호등이 바뀌자마자 후다닥 뛰었다. 오사강은 목발을 짚으면서 중얼거렸다.

"저건 혼자 뛴다."

나는 둘이 투덕거리는 게 재밌어서 저절로 입꼬리가 올라갔다.

우리는 편의점에 놓인 긴 탁자에 나란히 앉아 컵라면과 삼각김밥을 먹었다. 윤지윤은 김밥을 베어 물면서 웅얼거렸다.

"내가 새벽까지 SNS를 봤잖아. 정말 족발을 엄청 주문해 먹더라. 눈 빠지는 줄 알았어."

"그런데 없는 거지?"

오사강은 말하면서 제 삼각김밥 포장지를 벗겨 내고는 내 것까지 쓱 벗겨 줬다.

"없어. 그래서 만약에 이진형이 숲속 낚시터로 배달을 간 거라면, 숲속 낚시터로 찾아봐야 할 것 같아. 그런데 무늬야,

아까 그 낚시 얘기는 어떻게 알았어? 미끼가 지렁이나 새우라는 것도 알고."

윤지윤이 삼각김밥 남은 걸 입에 욱여넣으면서 나를 봤다.

"그게, 어릴 적부터 할머니가 가져오신 잡지를 봤거든. 낚시라는 잡지책도 있었어. 그 잡지는 우리 동네에서 정육점 하는 아저씨가 봤어."

"역시! 무늬는 학구적이야. 무늬가 말할 때 그 아줌마 표정 봤지? 완전 똥 씹은 표정이었잖아."

"내가 괜히 나서서 아줌마 심기만 불편하게 했지."

"하긴 우리 둘만 갔으면 대번에 내쫓길 각이었어. 오사강이 아줌마 비위를 잘 맞춰서 그나마 다행이었지."

윤지윤이 오사강한테 엄지를 척 들어 보였다.

"내가 알바를 많이 해서 사장님들 비위를 좀 맞추지."

"너 운동하면서 알바할 시간도 있어? 무슨 알바했어?"

"학교 앞 편의점도 하고, 주말에는 카페도 하고, 엄마하고 과수원에 가서 배 봉지 씌우는 것도 했지."

"대박! 배 봉지 씌우는 일도 있어? 그건 쉬워?"

"아니. 하루 종일 머리를 쳐들고 있어야 하니까 힘들지. 그래도 우리 아빠 해고당하고 엄마 혼자 벌어야 하니까 뭐든

해야지. 방학 때도 얘기해 놓은 알바 자리가 두 개나 되는데, 다리 다쳐서 다 놓쳤지."

오사강은 컵라면 국물을 다 마시고는 말했다.

"국물 다 마셔. 알바생들 국물 버리는 거 일이야."

윤지윤과 나는 오사강 말이 끝나기 무섭게 컵라면 국물을 다 들이켰다. 윤지윤은 손등으로 입을 쓱 닦고는 중얼거렸다.

"그런데 낚시터 CCTV도 없고, 만약에 SNS도 찾아봐서 아무것도 나오지 않으면 어쩌지?"

윤지윤의 낙담에 나는 아무 말도 할 수 없었다. 오사강도 입을 꾹 다물었다. 한참 동안 정적이 흘렀다. 침묵을 깬 건 오사강이었다. 물끄러미 편의점 밖을 내다보던 오사강이 느닷없이 자리를 박차고 일어나 목발도 짚지 않고 편의점 밖으로 경중경중 뛰어나갔다. 윤지윤과 나는 영문을 몰라 눈만 끔벅거렸다. 금방 되돌아온 오사강 표정이 밝았다.

"찾았어!"

"뭘? 찾아? 밖에 뭐가 있어?"

윤지윤이 편의점 밖을 두리번대면서 물었다.

"편의점."

오사강의 엉뚱한 대답에 윤지윤이 의아하게 바라봤다. 오사강이 씨익 웃었다.

"내가 편의점 알바했잖아. 편의점은 대개 밖에도 CCTV가 있어. 그래서 편의점 앞으로 지나가는 차나 오토바이가 찍히지."

"진짜?"

윤지윤 눈이 커졌다. 오사강이 고개를 끄덕였다.

"응. 구시장에서 여기까지 오는 길에 편의점이 꽤 많거든. 길가에 있어서 이진형이 그 앞을 지나갔으면 찍혔을 거야."

"그럼 이진형이 배달을 간 거면 배달하고 나오는 시간을 짐작해 볼 수 있겠네. 사고 난 시간은 우리가 아니까, 편의점 CCTV로 배달을 간 시간만 확인할 수만 있으면 되는 거네."

내 말에 윤지윤이 맞다면서 손뼉을 쳤다.

"일단 낚시터로 배달을 간 거로 상정하면 가는 시간과 배달을 하고 돌아오는 시간으로 합리적인 추측이 가능하네."

"응."

"그런데 편의점 CCTV를 어떻게 봐? 낚시터도 함부로 보여 준다고 거기 사장이 난리 친 거잖아. 편의점 사장이 보여 주겠어?"

윤지윤이 시무룩하게 말하자 오사강이 카운터 쪽을 넘겨 다보면서 작게 말했다.

"저 알바생 내가 아는 오빠 친구야. 이 동네 편의점 알바 생들 거의 이 동네 애들이야. 내가 아는 애들 통해서 구시장 에서 여기까지 있는 편의점 알바생들을 알아볼게."

"대박! 리스펙!"

윤지윤이 오사강을 와락 껴안았다. 오사강이 징그럽다면 서 윤지윤을 확 밀쳐 냈다.

"스킨십은 사절이다. 그냥 아이스크림을 하나 사!"

"응, 좋아!"

윤지윤이 의자에서 일어서다가 주머니에서 휴대폰을 꺼 내 들었다. 휴대폰을 들여다보는 윤지윤 얼굴이 굳어졌다.

"우리 엄마야. 왜 전화했지?"

윤지윤은 조심스럽게 전화를 받았다.

"네, 엄마."

방금 전까지 들떠 있었던 윤지윤은 언제 그랬냐는 듯 목 소리가 차분해졌다.

"아니, 배고파서 앞에 편의점 왔어. 지금 들어가려고. 네."

윤지윤은 전화를 끊고는 다급하게 말했다.

"우리 엄마 도서관이래. 어떡해."

윤지윤은 인사할 겨를도 없이 허둥지둥 편의점 밖으로 뛰어 나가더니 편의점 앞 횡단보도의 빨간불을 무시하고 그대로 내달렸다. 오사강과 나는 편의점 유리창으로 윤지윤의 뒷모습을 바라봤다. 가로등 불빛 아래를 달려가는 윤지윤의 그림자가 불안하게 흔들렸다.

오사강이 중얼거렸다.

"쟤네 엄마 여전한가 보네. 중학교 때 윤지윤이 성적 떨어졌다고 운동장에서 울고 있더라고. 그때 그러는 거야. 자기는 엄마한테 죽을 거라고. 진짜 무지막지하게 맞는다고."

윤지윤의 불안감과 두려움이 전이되어 내 심장박동이 빨라졌다.

그날 밤 나는 또 그 방문 앞에 있는 꿈을 꿨다. 나는 어둠 속에서 차가운 문고리를 잡았다. 그날처럼.

9시 43분

나는 SNS 계정을 만들어서 원조왕족발 사진을 찾았다. 블로그도 검색해 봤지만, 12월 23일 원조왕족발에서 주문한 사람은 찾지 못했다. 윤지윤은 내내 아무 연락이 없었다. 도서관에 자리만 맡아 놓고 싸돌아다닌 딸이 그럴싸하게 둘러대지 못했거나, 눈치 빠른 엄마가 딸의 방종을 눈치챘거나. 나는 자꾸 불 화(火)가 아니라 재앙 화(禍)라고 한 윤지윤 말이 떠올랐다. 성적에 집착하는 부모와 자식이 겪는 갈등이 불화를 넘어서 재앙이라던 윤지윤은 무사히 지난밤을 버텨 낸 것일까. 나는 윤지윤에게 문자를 보내고 싶은 마음을 하루 종일 꾹꾹 누르느라 힘들었다. 어쩌면 오사강도 그랬는지 모른다. 밤에 전화한 오사강은 대뜸 윤지윤에게 연락이 왔는지 물었다.

"문자도 없었어?"

"응."

"내가 오후에 문자 하나 보냈는데, 답이 없어. 어쩌면 휴대폰 압수당했는지 모르지. 무늬야, 아무튼 어제 말한 편의점 CCTV."

"응!"

"몇 군데 보여 준다고 했는데, 내가 며칠은 엄마 아빠가 집에 안 계셔서 밤에 나갈 수가 없어. 그래서 네가 가서 확인해 줄 수 있나 하고."

"응. 할 수 있지."

"그래. 그럼 김태주랑 같이 다녀. 태주가 같이 다니겠대."

"나 혼자 가도 되는데."

"김태주가 다 아는 알바생이라서 같이 다니는 게 나을 거야. 네 전화번호 태주한테 알려 줄게."

"응."

"무늬야, 그럼 수고해. CCTV 확인하고 전화해. 아무 때나 전화해도 괜찮아."

"그래."

나는 선선히 대답했지만, 잘 알지 못하는 김태주와 같이 다니는 게 불편할 것 같아 걱정됐다. 김태주는 10시에 구시장 사거리에 있는 편의점 앞에서 보자고 문자를 보냈다.

편의점 앞에 오토바이를 타고 나타난 김태주는 오토바이를 세우고는 헬멧을 벗어 뒤에 매달린 가방에 넣었다. 오토바이는 까만 바탕에 활활 타오르는 듯한 불꽃이 그려져 있어서 불붙은 것처럼 보였다. 내가 빤히 보자 김태주가 어색하게 웃었다.

"아는 형 건데, 이거 그려 주고 가끔 빌려 타."

"네가 그린 거야?"

"응. 그 형 취향이 좀 구려서. 웃기지?"

"괜찮은데."

내 말에 김태주가 머리를 긁적이면서 얼른 말을 돌렸다.

"여기 편의점 알바하는 형은 우리 학교 선밴데, 사장님하고 친해서 CCTV를 확인하라고 했대. 사실 CCTV 보여 주지 않으려고 하거든. 알바생들은 마음대로 볼 수 없어. 편의점 내부 CCTV는 알바생들 감시용이기도 하니까."

나는 김태주 말을 들으면서 편의점 안을 슬쩍 봤다. 편의점에는 청록색 조끼를 입은 몸집 큰 남자가 카운터 앞에 서 있었다. 김태주가 먼저 편의점 문을 열고 들어갔다. 나는 김태주와 좀 떨어져서 따라 들어갔다.

"왔냐?"

남자는 비닐봉지에 든 호빵을 집게로 하나씩 꺼내 찜기에 넣고 있었다.

"조금만 기다려라. 요새는 불닭이 든 호빵이 잘 팔려. 나는 매워서 못 먹겠던데. 그런데 같이 온 친구는 누구야?"

남자가 나를 보면서 물었다.

"오사강 친구요."

"그래? 그런데 오사강 다리 다쳤다면서. 괜찮냐?"

"네."

"우리 사장한테 그날 가게 앞에서 아는 애가 오토바이 접촉 사고가 나서 확인해야 한다고 했어."

"네."

"근데 죽은 애가 이 앞으로 지나간 거 맞아? 저기 큰 도로로 간 거 아냐?"

"거기는 지원이가 확인해 줬어요. 돌판삼겹살집 옆에 편의점 있잖아요. 지원이가 거기서 일하는데, 걔는 족발집 오토바이를 아니까 찾아봐 줬어요."

"그래? 거기로 지나가지 않았대?"

"네."

"그럼 이쪽 길이네."

남자는 호빵을 다 넣고는 우리를 창고로 데려갔다. 박스가 켜켜이 높게 쌓여 있는 창고는 제법 컸다. 남자는 한쪽 구석에 놓여 있는 책상 앞에 앉았다. 책상에는 CCTV 모니터와 노트북이 있었다.

남자는 노트북을 열어 파일 하나를 클릭해 화면에 띄우고는 의자에서 일어났다.

"그날 거야. 찬찬히 봐."

"네. 형 고맙습니다."

"고맙긴 뭐. 거기 도서관 가는 길에 경인아파트 앞 편의점 점장한테 얘기해 놨어."

"정말요? 거기도 보면 좋지요. 고맙습니다."

남자는 고개 숙여 인사하는 김태주의 어깨를 토닥이고는 창고에서 나갔다.

김태주와 나는 나란히 앉아 무성영화 같은 CCTV 영상을 들여다봤다. 12월 23일, 내가 병원으로 달려가던 그 시간에 구시장 도로는 평온했다. 차들이 지나가고, 교복 입은 학생들이 우르르 편의점으로 몰려오고, 헬멧을 쓰지 않은 채 오토바이를 타고 달리는 남자 모습이 빠르게 지나갔다. 해가 지고 어두컴컴한 거리는 지나다니는 사람들이 늘었지만, CCTV에 찍힌 과거의 시간은 고요했다.

"사고 난 게 몇 시라고 했지?"

"10시쯤."

"그럼 만일 이 앞을 지나갔으면 9시 45분쯤 되겠네. 여기서 도서관 앞까지 오토바이를 밀고 간다고 해도 15분도 안걸릴 테니까."

김태주와 나는 모니터에 얼굴을 더 가까이 들이밀었다. 9시 43분, 김태주가 편의점 앞을 지나가는 오토바이를 손가락으로 가리켰다.

"얘네! 얘야!"

김태주 손끝에 있던 오토바이는 순식간에 우리 눈앞에서 사라졌다. 김태주는 영상을 뒤로 돌렸다.

"얘 맞아! 내가 배달 가방에 야광 인형을 매달았거든. 이거 보이지?"

김태주는 배달 가방 뒤에 달랑대고 있는 흰 물체를 손가락으로 짚었다.

"9시 43분. 그러면 여기서 낚시터로 배달을 갔다가 나오는 시간이 얼추 맞는 거네."

"이 영상 복사할 수 있을까?"

"형한테 물어볼게. 복사할 수 있다고 하면 내 메일로 보내라고 할게."

김태주는 자리에서 벌떡 일어나 창고 밖으로 나갔다. 나는 화면 속으로 사라지는 이진형의 모습을 다시 확인했다.

이진형은 23일 9시 43분 살아서 오토바이를 타고 달렸다. 흑백 영상 속에 엑스트라처럼 스쳐 지나가 버린 이진형은 이 행성에서 자신의 삶도 짧게 등장하고 사라지게 될 줄 몰랐을 것이다. 나는 화면을 멈춰 놓고 강렬하지도, 아름답지도 않은 흑백 영상을 한참 들여다봤다.

"너 오토바이 타 봤어?"

편의점에서 나오면서 김태주가 물었다.

"아니."

"우리가 지금 네 곳을 더 가야 하니까 오토바이를 타고 가는 게 빠를 거야."

"나도?"

"그럼 나는 오토바이 타고, 너는 뛰어올래?"

"나 잘 못 뛰어."

"뭐?"

"나 달리기 못한다고."

김태주는 내 말에 어이없다는 듯 웃었다.

"설마 내가 너보고 진짜 뛰라고 했겠냐?"

"응?"

"윤지윤이라는 애도 독특하더니 너도 만만찮구나. 헬멧 하나 더 있어. 내 뒤에 타. 살살 갈 테니까 겁낼 거 없어."

김태주는 오토바이 가방에서 헬멧을 꺼내 나한테 내밀었다. 까만 헬멧에는 노란색 왕관과 분홍색 공룡이 그려져 있었다. 내가 그림을 유심히 보자 김태주가 무심히 말했다.

"내가 좋아하는 작가 그림을 본뜬 거야. 장미셸 바스키아. 내 태깅으로도 써."

"태깅?"

"그냥, 그런 게 있어."

김태주는 멋쩍어하면서 손에 들고 있던 헬멧을 비닐봉지 뒤집어쓰듯 쉽게 쓱 썼다. 나도 따라서 헬멧을 머리에 올리고는 양쪽 끄트머리를 힘껏 잡아당겼다. 손으로 들었을 때는 묵직했는데, 쓰고 보니 생각보다 무겁지도 답답하지도 않았다. 오히려 찬 바람을 막아 주고 시끄러운 소음도 아득해지는 것 같아서 안정감이 있었다. 김태주는 푹 써야 한다면서 내 헬멧을 손끝으로 꾹 누르고는 오토바이에 올라탔다. 나는 조심스럽게 오토바이에 다리를 걸쳐 올라탔다.

"내 허리 꽉 잡아."

김태주가 큰 소리로 말했다. 나는 하라는 대로 김태주의 허리에 손을 올려 패딩을 꽉 움켜쥐었다.

"간다!"

김태주 목소리가 오토바이 엔진 소리에 파묻혔다. 오토바이가 달리기 시작하자 나도 모르게 손에 힘이 들어갔다. 속도가 오르자 저절로 눈이 감겼다. 차가운 바람이 목덜미로 발목으로 매섭게 파고들었다. 바람이 내 몸을 부풀린 것일까? 몸이 가벼워져 도로 위에 붕 떠 있는 기분이 들었다. 나는 살짝 눈을 떴다. 오토바이는 미래서점 앞을 지나쳐 땡처리 속옷 가게를 지나 매끄럽게 오른쪽으로 꺾였다. 몸이 살짝 기울어질 때는 겁이 나면서도 오토바이와 내가 한 몸이 된 것 같은 기분이 들었다. 고개를 들어 까만 밤하늘을 올려다봤다. 사람이 밝힌 불빛이 아무리 강렬해도 밤하늘에 별빛은 희미하게 자신의 존재를 알리고 있었다. 우리는 지금, 이 땅에 존재했던, 희미했지만 분명하게 반짝인 빛을 쫓고 있었다.

우리는 편의점 두 곳에서 그 빛을 분명하게 확인했다. 이진형은 달랑거리는 인형을 달고 길 위에 자신의 흔적을 뚜렷하게 남겼다.

세 번째 들어간 편의점 알바생은 내 또래로 보이는 여자아이였다. 카운터에서 휴대폰을 보고 있던 여자아이는 우리가 들어서자 반가워하면서 손을 흔들었다.

"오빠!"

"어, 김민서! 왜 여기 네가 있어? 중학생은 야간 알바 못하잖아."

"여기 우리 이모네잖아. 내가 오사강 언니한테 얘기 듣고 이모한테 가게 봐 준다고 했어."

"CCTV는 볼 수 있어?"

"그럼 내가 다 알아 놨지. 정말 빡치잖아. 알바한테 배달시키고 시치미 뗀다는 게 말이 돼? 어, 오사강 언니가 말한 언니구나. 언니, 안녕?"

김민서는 나한테 손을 흔들었다. 나는 어색하게 손을 살짝 들었다가 내렸다.

188

"근데 CCTV는 어디서 봐?"

"여기. 내가 다 준비해 놨어."

김민서는 카운터 위에 노트북을 올려놓았다. 김태주는 얼른 노트북을 들고 테이블에 가서 앉았다. 나도 쭈뼛쭈뼛 따라갔다. 김태주는 화면을 돌려 보다가 중얼거렸다.

"얘 여기 왜 섰지?"

영상 속에 이진형은 도로 옆에 멈춰 서 있었다. 그리고 주머니에서 휴대폰을 꺼내 들여다봤다.

"얘 길이 헷갈리는 거야. 여기서 갈림길이거든. 직진하면 도서관 쪽으로 돌아서 가야 하고, 좌회전하면 곧바로 갈 수 있어. 얘는 어디로 가야 할지 모르는 거야."

"목적이 있다는 거네. 그냥 오토바이를 타러 나온 게 아닌 거지?"

"그렇지. 그런데 얘 직진하려는 거네. 그냥 편하게 갈 수 있는 길을 찾은 거야."

이진형은 휴대폰을 주머니에 넣고 핸들을 잡았다. 그리고 화면에서 사라졌다. 길을 잘 모르는 이진형은 자신이 선택한 길이 돌아가는 길인지도 몰랐을 것이다. 9시 50분. 만일 이진형이 여기서 머뭇거리지 않고 빠른 길로 갔다면, 아니 여기서 더 오래 머물렀다면, 지금 이진형은 알바를 끝내고 집으로 돌아가 자기 방에 앉아 있을지 모른다. 시간이 조금만 어긋났다면, 이진형은 살았을 수 있다. 아니 이진형의 죽음은 길 위에서 비롯된 것이 아니다. 이진형의 죽음은 운명도 우연도 아니다. 이진형의 죽음은 인과관계다. 오토바이 면허증도 없는 아이한테, 길도 잘 모르는 아이한테 배달을 시킨 무모함과 무책임의 결과다.

"직진하면 편의점이 없어."

김태주가 중얼거리는데, 어느새 우리 뒤에 와 있던 김민서가 말했다.

"그쪽으로 가면 피자집 있잖아. 주현 언니가 하는 거잖아. 주현 언니 11시에 문 닫을걸."

"거기도 CCTV가 있나?"

"물어보면 되지."

김민서는 말하면서 벌써 휴대폰을 들어 전화를 걸었다.

"언니, 저 민서예요. 네. 언니 가게 CCTV 길 쪽으로 단 거 있어요? 아, 있구나. 언니 그거 며칠 지난 거 확인할 수 있어요? 아, 네."

김민서는 한 손으로 오케이 수신호를 하고는 어서 가라고 손짓을 했다.

"언니, 오사강 언니가요 알아볼 게 있대요. 구시장 쪽 족
발 가게에서 알바하던 오빠가 사고가 났는데……."

김민서가 상황을 설명하는 사이 우리는 편의점에서 나와
오토바이에 올라탔다. 나도 아주 능숙하게 오토바이에 올랐
다. 김태주는 앞서 달려간 이진형을 따라잡기라도 할 듯이
빠르게 내달렸다. 앞에 가는 자동차를 추월하자 빵 하고 경
적이 울렸지만, 김태주는 개의치 않았다.

우리는 피자집에서 이진형을 붙잡았다. 피자집 CCTV에
잡힌 이진형은 빠르게 달려 사라졌다.

"9시 52분. 여기서 거기 낚시터까지 3, 4분. 배달을 한 거
면 족발을 주고 나오다 사고가 난 시간과 맞아. 이게 마지막
이야."

김태주는 진짜 쫓던 이를 놓친 것처럼 어깨를 축 늘어뜨
렸다.

"태주야, 진짜 배달을 한 건데 거기 사장이 아니라고 했
어?"

주현 언니가 오븐에서 꺼낸 철판을 닦으면서 물었다.

"네."

"미친 거 아냐?"

주현 언니는 손을 멈추고는 눈썹을 치켜올리면서 큰 소리로 말했다.

"그러니까요. 배달한 게 맞는데, 아니라고 우겨요."

"원조왕족발이라고? 사장이 도대체 누구야? 알바생이 죽었는데, 어떻게 그런 거짓말을 할 수가 있어! 너 거기서 배달한 거야?"

"네."

김태주는 자신이 거짓말을 한 장본인이라도 되는 것처럼 고개를 푹 숙였다.

"정말 미쳤구나. 그래서 너희는 이거 확인해서 어쩔 건데."

주현 언니는 수세미를 내려놓고 양손을 허리에 얹었다.

"저기 그게……."

김태주는 우물거리면서 나를 봤다. 나는 조심스럽게 입을 뗐다.

"우선 증거가 확보되면 업주한테 얘기를 하려고요. 이진형 가족한테 사실을 얘기하고 사과하라고요. 그리고 사망 사고 책임을 물어야지요."

"뻔뻔하게 거짓말한 사람이 쉽게 인정하겠어?"

"만약 그러면 또 다른 방법을 생각해 봐야지요."

"진짜 어이가 없다. 나도 알바할 때 이상한 사장들 많이 봤지만, 진짜 최악이네. 그런데 너는 처음 본다. 오사강 친구라며? 이름이 뭐야?"

"문희요."

"무늬? 이름 예쁘네. 그래, 내가 도울 게 있으면 언제든 말해. 그리고 담에 오사강하고 와. 피자 줄게."

나는 성이 문이고, 이름이 희라고 정정하지 않았다. 나는 또박또박 말했다.

"고맙습니다. 다음에 오사강하고 올게요."

"그래."

주현 언니는 고개를 끄덕이고는 태주를 불렀다.

"야, 김태주! 너 오사강하고 사귀었던 거 아냐? 너네 헤어졌다면서?"

"네? 무슨 말이에요!"

김태주는 눈을 동그랗게 뜨면서 볼먹은 소리를 했다.

"아냐? 안 헤어졌어?"

"뭘 헤어져요. 사귄 적도 없는데. 오사강은 준석이하고 사귀었죠."

"너하고 붙어 다니는 준석이? 내가 착각했구나."

"에이, 누나는……."

김태주는 투덜거리면서 피자집 문을 벌컥 열었다. 나는 주현 언니한테 고개 숙여 인사하고는 김태주 뒤를 따라 나왔다.

김태주는 헬멧을 쓰면서 투덜거렸다.

"우이씨, 진짜 이 동네는 사생활이 보장이 안 돼."

"어떻게 서로 다 알아?"

나는 정말 궁금했다. 편의점 알바생부터 피자집 주인까지 모두 서로서로 알고 자기 일처럼 나서서 도와주는 게 신기했다.

"다들 여기 오래 살았으니까. 여긴 유치원 때부터 같이 다닌 애들이 많잖아."

"저 언니는 나이가 많은데도 알잖아."

"아, 주현이 누나는 내 친구 누나야. 이 동네는 누구 동생, 누구 형, 누구 누나, 다 그렇게 엮여 있어서 골치 아파. 정말 나는 스무 살만 되면 독립해서 서울로 갈 거야. 근데 우리 이제 집에 가?"

"아니. 여기서부터 이진형이 숲속 낚시터에 배달을 하고 나오는 시간을 확인해 보자."

"그래. 그래야 확실하지."

김태주는 헬멧을 쓴 큰 머리를 끄덕였다. 나도 헬멧을 썼다. 주현 언니가 창에 붙어 서 있다가 나와 눈이 마주치자 손을 흔들었다. 나도 손을 흔들었다. 어쩐지 나도 오래전부터 누군가의 누나인 주현 언니를 알고 지낸 것 같았다.

김태주는 오토바이에 올라타면서 호기롭게 말했다.

"이진형, 우리가 간다!"

체 념

눈이 흩날렸다. 하늘을 올려다보니 새까맣게 보일 뿐 아무것도 보이지 않았다. 바람이 불자 눈은 땅에서 공중 부양하듯 올라와 거세게 휘몰아쳤다. 오토바이에 올라타 핸들을 잡는데 너무 차가워서 선득했다. 오토바이는 바람에 떠밀려 앞으로 나아갔다. 얼굴로 달려드는 눈 때문에 아무것도 보이지 않았다. 다리를 뻗어 오토바이를 세우려고 했지만, 허방에 떠 있는 것처럼 발이 닿지 않았다. 핸들을 힘껏 잡고 방향을 틀어 보려고 해도 소용없었다. 오토바이는 제멋대로 내달렸다. 멀리 헤드라이트 불빛이 보이는가 싶더니 점점 가까워졌다.

"앞을 봐! 이러다 부딪치겠어. 멈춰!"

내 고함 소리는 진공 속에 있는 것처럼 어떤 울림도 만들

어 내지 못했다. 달려오는 자동차의 헤드라이트가 눈앞에
와 있는데, 멀리 교회 첨탑에는 색색의 전구가 깜박이고 그
옆으로는 극장 건물의 전광판이 번쩍였다.

"할머니!"

소리치는 순간 오토바이가 미끄러지면서 내 몸이 붕 떴
다.

나는 눈을 번쩍 떴다. 사흘 동안 같은 꿈을 꿨다. 김태주
와 오토바이를 타고 숲속 낚시터에서 나오는 길을 다녀온
뒤 이진형의 사고 장면이 내 꿈속에서 반복되었다. 그 집 방
문 앞에 서 있는 꿈처럼 깨어나면 온몸이 뻣뻣하게 굳어 한
참 동안 움직이지 못했다.

새벽 3시. 나는 휴대폰을 들어 시각을 확인하고는 내려놓
으려다가 문자에 1이 떠 있는 걸 보고 멈칫했다. 윤지윤일지
모른다는 생각에 벌떡 일어나 앉아 얼른 문자를 확인했다.
윤지윤이 아니라 오사강이었다.

찾았어! 지윤이가 내 SNS로 보내 준 거야.

도서관 앞에서 헤어진 뒤로 나흘 동안 연락이 없던 윤지

윤이 SNS를 했다는 말에 와락 반가웠다. 나는 얼른 오사강 문자에 링크된 주소를 클릭했다. 인터넷 카페에 있는 글이었다. 숲속 낚시터 건물 사진과 물고기를 잡아 올린 여자아이가 활짝 웃고 있는 사진이 대문짝만하게 걸려 있었다. 그리고 다음 사진에는 족발이 있었다. 비닐봉지에는 원조왕족발 상호가 선명하게 찍혀 있었다.

12월 내내 출조를 못 간 아쉬움에 딸내미를 데리고 실내낚시터로 손맛 보러 갔습니다. 여기는 서울 외곽 신도시 숲속 낚시터. 우리 딸 물고기가 불쌍하다고 하면서도 낚시에 맛 들어서 집에 안 가겠다고 버티더이다. 낚시의 마력에 빠진 거죠. 밤참으로 낚시터 근처 횟집은 배달이 안 된다고 해서 족발을 시켜 먹었습니다. 맛은 소소. 그래도 우리 딸내미는 잘 먹었습니다. 족발 먹고 낚시를 더 하고 집에 가니 자정이 넘었다는.

SNS를 뒤져 수만 장의 족발 사진을 보고, 인터넷 카페까지 헤집고 다녔을 윤지윤이 마침내 이진형이 오토바이를 홈

쳐 탄 게 아니라 배달을 했다는 확실한 증거를 찾은 것이다. 뭉클했다. 윤지윤이 이 글을 찾고 얼마나 좋아했을지 눈에 선했다. 아마도 우리한테 연락이 가능했다면 아침에 당장 큰나무 아래에서 만나자면서 호들갑을 떨었을 것이다. 그렇지만 윤지윤은 지금 우리를 불러낼 수도, 휴대폰으로 연락할 수도 없는 처지에 놓여 있는 것이다.

나는 왕붕어가 활동하는 낚시 동호회인 갯바위 카페에 회원으로 가입하고는 왕붕어가 올린 글들을 샅샅이 훑었다. 왕붕어는 서울에 살고 있고, 회사원이며, 겨울에 배를 타고 오징어 낚시를 가고 싶어 했다. 왕붕어가 최근에 올린 글이 숲속 낚시터에 다녀온 감상을 적은 것이다. 그 게시글에 붙은 댓글에 왕붕어는 일일이 답글을 달아 놓았다. 그중에 이번 주 토요일에 딸하고 숲속 낚시터에 간다는 글이 있었다. 오사강에게 문자를 보냈다.

왕붕어라는 사람이 이번 주 토요일에 숲속 낚시터에 온다고 했어. 거기서 직접 만나 그날 몇 시에 배달시킨 건지 확실하게 물어보면 좋을 것 같아. 그런데 윤지윤한테도 알려 줘야 하지 않을까?

확실한 증거를 찾은 윤지윤을 빼놓는 게 마음에 걸렸다. 나는 윤지윤이 자신과 반드시 공조해야 한다고 했던, 따뜻한 캔 커피를 챙겨 준 그날이 퍼뜩 떠올랐다. 윤지윤이 자신의 아지트로 데려간 날 밤의 차가운 공기도, 고가 아래 풍경도 생생하게 되살아났다. 그곳은 윤지윤이 세상으로부터 도피하는 유일한 곳이다. 지금도 윤지윤이 우두커니 앉아 있는 건 아닐까?

윤지윤이 혼자 갈 만한 곳을 아는데, 혹시 몰라서 가 보려고.

학원으로 안 가 보고?

거기 윤지윤이 올 것만 같아서.

오사강은 밑도 끝도 없는 내 예견을 받아 줬다. 우리는 윤지윤 학원 끝나는 시간에 맞춰 아지트가 있는 전철역에서 만나기로 했다. 그곳에 오늘 윤지윤이 온다는 보장이 없지만, 그래도 가 보고 싶었다. 나는 온종일 내 방에 틀어박혀 왕붕어가 활동하는 낚시 카페를 들락거리면서 시간을 보냈다.

이모는 카페를 계약하자는 사람이 나와서 속초에 가서 사나흘 있어야 한다고 했다. 이모는 오후에 집을 나서면서 말했다.

"친구들 보고 놀러 오라고 해. 냉장고에 반찬 해 놨으니까 같이 밥 먹고 그래. 밤에 무서우면 친구들보고 자고 가라고 해. 네 나이 때 친구 집에서 모여 자면 얼마나 재미있겠어. 맛있는 거 시켜 먹고 그래. 알았지?"

이모 눈이 반짝거렸다. 이모는 친구들과 밤새 수다를 떨었을 자신의 청소년 시절을 떠올렸을지 모른다. 친구들과 어설프게 떡볶이나 라면을 끓이면서 깔깔거리다가 밤에는 한 방에 나란히 누워 날이 밝도록 얘기하는 것을 나는 상상조차 해 보지 않았다. 그건 체념이었다. '절망과 체념, 그리고 이 가족이 찾은 작은 희망'은 열 살 때 읽은 여성 잡지 인터뷰 기사의 제목이었다. 복잡하게 생긴 낱말 '체념'을 들여다보면서 내가 일곱 살 때 그 집을 떠나오면서 느낀 복잡한 감정이 바로 이 낱말이라는 것을 직감했다.

절망과 붙어 다니는 체념은 단념과 다르다. 단념은 스스로 결정하는 것이지만, 체념은 단념할 수밖에 없는 절망적인 조건으로 어쩔 수 없이 받아들이는 것이다. 그래서 단념에는 어떤 기대가 끼어들 틈새가 있지만, 체념에는 어떤 기대도 없다. 체념의 반대말은 희망이다. 나는 태어나면서부터 날마다 하나씩 단념하며, 결국 체념에 이르게 되었다고, 체념에 낯이 있다면, 그건 내 얼굴일 거라고 생각했다.

늦은 밤, 서울로 가는 전철은 텅 비어 있었다. 띄엄띄엄 앉은 사람들은 모두 휴대폰을 들여다보고 있었고, 나는 출입문에 바짝 붙어 서서 차창 밖을 내다봤다. 도시의 빛이 닿지 않는 어둠 속으로 들어갈 적마다 내 얼굴이 유리에 비쳤다. 체념일 줄 알았는데, 입을 앙다물고 있는 얼굴에는 기대가 있었다. 전철역 아래에 윤지윤이 있을지 모른다는 기대. 나는 그 얼굴이 낯설어서 유리창 너머 어둠보다 더 짙은 풍경을 보려고 애썼다.

전철역 대합실에 오사강이 벌써 와 있었다. 오사강은 긴 의자에 앉아 있다가 나를 보고는 손을 흔들었다.

"빨리 왔네."

"우리 아빠 요새 밤에 일 나가거든. 그래서 태워다 달라고 했어. 근데 이 역 주변에는 아무것도 없지 않냐? 여기 다 밭이고, 과수원이야."

"응."

"근데? 혹시 걔 대합실에서 멍 때리고 있는 거냐? 하긴 윤지윤이라면 그러고도 남지."

"아니야. 전철역 아래."

"아래?"

오사강은 목발로 바닥을 쿵 찧었다.

"진짜 아래."

나는 미심쩍어하는 오사강을 데리고 대합실을 나와 철망을 쳐 놓은 곳까지 가서 쪽문을 열었다. 오사강은 주위 눈치를 살피면서 중얼거렸다.

"여기 금지 구역이잖아. 이런 데 들어가면 안 되는 거 아냐?"

"응."

"응? 근데 여기 들어간다고?"

오사강은 나를 뒤따라와서는 얼른 쪽문을 닫았다. 오사강은 나한테 목발을 맡기고는 난간을 붙잡고 나선형 계단을 내려가면서 투덜댔다.

"너네들 진짜 내가 환자인 걸 너무 인정하지 않아. 윤지윤은 도대체 이런 데를 어떻게 찾았대냐. 애가 생긴 거하고 다르게 겁이 없어."

오사강 목소리는 전철이 지나가면서 끊어졌다. 전철이 지나간 뒤 다시 세상 밑은 고요했다. 윤지윤의 아지트는 그대로였다. 빨간 의자도 그 자리에 놓여 있었다. 오사강은 사방을 둘러보다가 손가락으로 위를 가리켰다.

"저 위가 차 다니는 고가인 거야?"

"응."

"바람이 안 통해서 춥지는 않네."

오사강은 빨간 의자에 털썩 앉아 다리를 쭉 폈다.

"너는 언제 여기 와 봤냐?"

"전에 학원 앞으로 찾아갔을 때 여기 와서 같이 족발 먹었어. 거기 원조왕족발."

"그날 여기로 온 거구나. 윤지윤은 여기를 어떻게 알았대냐. 근데 윤지윤이 여기 올 것 같아? 걔 엄마한테 걸려서 꼼짝 못 하는 거 아냐?"

"학원은 갈 테니까. 혹시 몰래 여기 올지도 모른다는 생각이 들었어."

"네 예감이 맞으면 좋겠네."

오사강은 주머니에서 휴대폰을 꺼내 들여다봤다.

"윤지윤 SNS도 닫았더라. 나한테 글 남기고 바로 닫았어. 아마 걔네 엄마가 SNS도 감시하나 보지."

우리는 한동안 말없이 있었다. 나는 철망 울타리에 바투 붙어 서서 도랑을 내려다봤다. 오사강은 휴대폰을 보면서 중얼거렸다.

"여기 음침해서 무서운데, 윤지윤은 겁도 없다. 사실 나 이 런 데 무서워하거든."

나는 물끄러미 오사강을 봤다. 노르스름한 불빛에 스며든 오사강의 몸이 아주 작아 보였다. 오사강은 목발로 바닥을 톡톡 치면서 두리번거렸다.

"나 초등학교 때까지 화장실 문도 열어 놓고 볼일 봤잖아. 그래도 오우승이 크니까 덜 무섭더라고."

"뭐가 무서운데?"

"보이지 않는 것들. 귀신 같은 거. 너는 무서운 거 없어?"

오사강이 나를 쳐다봤다. 나도 무서운 게 있다. 내가 무서 워하는 것도 보이지 않는다.

"기억."

"기억?"

나는 슬그머니 오사강 눈을 피하면서 승강장으로 들어오

205

는 전철 불빛을 봤다. 전철이 지나가고, 전철에서 내린 사람들이 승강장을 떠난 뒤 오사강 목소리가 낮게 깔렸다.

"우리 엄마는 돈이 무섭다고 하지. 나도 돈 벌어 보니까 그 말이 이해가 되더라. 돈 버는 것도 무섭고, 돈 쓰는 것도 무섭고. 그래도 나는 아직 돈보다 귀신이 무서워. 나는 이런 데 혼자 못 있어. 나를 아는 애들은 믿지 못하겠지만."

"응. 겁나는 게 없어 보여."

"보이는 게 다가 아니야. 윤지윤 봐. 걔가 이런 데서 죽치고 있을 애로 보이냐? 아무튼 오기나 하면 좋겠네."

오사강은 말하면서 전철역 대합실로 연결된 통로를 올려다봤다. 밑에서 위 통로로 지나가는 사람은 보이지 않았지만, 우리는 인기척이 날 적마다 목을 길게 뺐다. 상하행선 전철이 연달아 지나간 뒤 정적이 감돌 때 계단에서 발자국 소리가 났다. 오사강은 몸을 기울여 계단 쪽을 힐끔 보고는 작은 소리로 말했다.

"윤지윤 아냐?"

나는 그 순간 간절하게 바랐다. 윤지윤이길. 자그마한 윤지윤이 까만 머리를 찰랑거리면서 우리 앞에 나타나서 조잘조잘 떠들기를. 나는 숨죽인 채 계단 쪽을 뚫어져라 보고 있었다. 철 계단의 삐걱거리는 소리가 그치고, 검은 형체가 불쑥 콘크리트 바닥 위에 나타났다. 나는 눈을 크게 떴다. 흐릿한 불빛 아래서도 밝은 파란 패딩이 도드라졌다. 윤지윤은 이어폰을 낀 채 고개를 푹 숙이고 터벅터벅 걸어왔다. 나는 빛이 닿는 쪽으로 걸어 나갔다. 윤지윤은 어깨에 메고 있던 가방을 내려 손으로 들다가 나를 보고는 우뚝 멈춰 섰다.

"어!"

나는 윤지윤 쪽으로 걸음을 뗐다. 윤지윤은 아무 말도 없었다.

"학원 이제 끝났어?"

"응."

윤지윤이 이어폰을 빼고는 고개를 끄덕였다. 윤지윤의 흰 얼굴도, 고개를 끄덕일 때 조금 흔들리는 긴 머리칼도 다 반가웠다.

"어떻게 여기 있어?"

윤지윤이 가라앉은 목소리로 말했다.

"네가 여기 올 것 같아서."

"진짜?"

윤지윤이 막 울 것 같은 어린아이처럼 눈을 끔벅였다.

"그래, 진짜다!"

어둠에 가려져 있는 오사강이 큰 소리로 말하자 윤지윤은 놀라 목을 움츠렸다.

"누구야?"

"누구겠냐?"

오사강은 목발을 지휘봉처럼 흔들었다. 윤지윤은 허공을 휘젓는 목발을 보고는 희미하게 웃었다.

"나는 못 일어나니까 이리 와."

나는 가방을 받아들고는 윤지윤 등을 슬쩍 밀었다.

"가자."

윤지윤과 나는 오사강 앞에 가까이 다가갔다. 오사강은 내가 들고 있는 가방을 받아 제 무릎에 올려놓았다. 오사강이 윤지윤을 올려다봤다.

"우리가 여기 오는 데 얼마나 고생했는지 아냐? 내가 정말 이 아픈 다리를 끌고 산 넘고 물 건너왔다."

윤지윤은 말없이 자꾸 고개만 끄덕였다. 나는 조심스럽게 물었다.

"윤지윤, 괜찮아?"

윤지윤은 나를 보면서 고개를 내저었다.

"아니, 안 괜찮아."

"안 괜찮겠지. 밥은 먹고 다니냐? 얼굴이 왜 그렇게 까칠해?"

"아니. 먹기 싫어서."

"왜? 혼날 때일수록 밥을 잘 먹어야 해. 밥 힘으로 버텨야지. 나는 훈련할 때 욕먹은 만큼 밥을 먹는다."

"그럼 나는 배가 터져 죽었을 거야."

윤지윤의 태연한 대답에 오사강은 웃음을 터뜨렸다. 웃으면 안 되는데, 나도 웃음이 났다. 윤지윤은 코를 훌쩍이면서 말했다.

"나, 사실은 이진형 사고 나던 날 가출하려고 했거든. 아니 어디 아주 멀리 가서 죽어 버리고 싶었어. 휴대폰 배터리도 없어서 잘 됐다 싶었지. 그래서 학원 끝나고 도서관까지 걸어갔는데, 그때 본 거야."

"공부 잘하는 애들은 기껏 가출해도 도서관 앞을 배회하는구나. 왜 이번에도 확 나오지 그랬어."

오사강 말에 윤지윤이 고개를 숙인 채 가만히 있었다. 바람 소리가 지나가고 윤지윤이 고개를 들었다.

"너무 화가 났어. 맞을 때마다 내가 뭔가 잘못했으니까 맞

는다고 생각했는데, 이번에는 내가 잘못한 게 없다는 생각
이 들었어. 아니 그동안 나는 잘못한 게 없었어. 나는 유치
원 다닐 때부터 열심히 공부하고 엄마가 하라는 대로 다 했
어. 그런데 성적 좀 떨어졌다고, 엄마 말에 대꾸했다고 맞는
건 억울하다는 생각이 들었어."

윤지윤은 말을 더 잇지 못했다.

"우리 윤지윤 철났네. 그래, 너는 잘못한 거 없어. 내가 알
지. 너 초등학교 때도 정말 열심히 했어. 너처럼 하기 힘들어.
여태 잘 참았어."

오사강 말에 윤지윤이 울음을 터뜨렸다. 윤지윤이 어린아
이처럼 소리 내서 엉엉 우는데 나는 어떻게 할 수가 없어 오
사강을 봤다. 오사강이 입을 벙글거렸다. 토닥여 줘. 나는 오
사강이 하라는 대로 손을 뻗어 윤지윤 어깨를 토닥였다. 윤
지윤은 한참 동안 울다가 손으로 눈물을 훔쳤다. 그러고는
울음 섞인 목소리로 말했다.

"배고파."

"뭐?"

오사강이 뜨악한 얼굴로 윤지윤을 봤다.

"나 도서관 앞에서 너희랑 같이 라면 먹은 뒤로 내내 굶

었어. 물만 먹으면서 버텼어. 그러다가 우리 엄마 앞에서 죽
으면 엄마가 후회할 거라고 생각했어."

"으이구, 윤지윤 철난 게 아니네."

오사강이 어이없어하면서 목발을 짚고 일어섰다.

"가자. 가서 뭐라도 먹자. 여기 오래 있으면 더 우울해질
거 같아. 암튼 먹으면서 이진형 얘기를 하자. 윤지윤 네가 찾
은 증거, 훌륭했어."

"나 잘했지?"

윤지윤이 일어선 오사강을 올려다보면서 목이 콱 잠긴 목
소리로 말했다.

"잘했어. 잘했으니까 그만 울어. 근데 나 어떻게 또 저 계
단을 올라 가냐. 윤지윤 네가 나 업을래? 너 때문에 여기까
지 왔으니까."

오사강 말에 윤지윤이 얼른 앞에 가서 허리를 숙였다.

"업혀."

"됐네요. 네 등에 업히면 내가 내 발로 걸어가는 거지."

"내가, 내가 할게."

내가 오사강 앞으로 가서 허리를 숙였다. 오사강은 내 등
을 밀쳤다.

"얘네들이 정말. 부려져. 무늬야 너는 살 좀 쪄라. 너 걸을 적마다 휘청거려. 가자. 정말 도움 안 되는 것들."

오사강은 목발을 짚으면서 계단 쪽으로 먼저 걸어갔다. 윤지윤은 가방을 어깨에 메면서 말했다.

"나, 사실은 창피해서 너네 안 보려고 했는데, 내가 맞고 사는 건 아무도 몰라. 그저께부터 학원 끝나고 여기 오면서 너희 생각했어. 그런데 정말 너희가 올 줄은 몰랐어. 오늘 너희가 와서⋯⋯."

윤지윤이 말을 잇지 못하자 오사강이 멈춰 섰다.

"우리가 와서 뭐?"

"감동이야."

윤지윤이 훌쩍이면서 말하는데, 나는 소름이 돋았다. 좋아서 너무 좋아서 소름이 돋는다는 걸 처음 경험했다. 나는 언젠가 이 아이들한테 내 얘기를 할 수 있지 않을까. 이 아이들이라면 내 얘기를 들어 주지 않을까. 작은 기대가 뻔뻔하게 오소소 돋아 올랐다.

저 항

토요일 윤지윤은 숲속 낚시터에 맨 먼저 와 있었다. 후드
티 모자를 뒤집어쓴 윤지윤은 숲속 낚시터 건물 앞에 있는
큼지막한 바위에 걸터앉아 책을 보고 있었다. 나는 반가워
서 막 달려가고 싶은 마음을 꾹 누르고 조심스럽게 걸었다.
발을 디딜 적마다 밟히는 자갈이 아지작댔다. 윤지윤이 고
개를 들어 나를 보고 웃었다.

"무늬야!"

"어떻게 나왔어? 못 올 줄 알았어. 도서관 간다고 한 거
야?"

"아니. 꼭 나가야 할 일이 있다고 했어."

윤지윤은 말하면서 쓰고 있던 모자를 손으로 휙 뒤로 젖
혔다. 윤지윤의 긴 머리가 짧게 잘려 있었다. 귀밑에 찰랑거

리는 까만 머리는 오른쪽과 왼쪽 길이가 달랐다.

"나가면 머리를 밀어 버리겠다고 해서 내 손으로 잘랐어."

"진짜? 근데…… 괜찮았어?"

"우리 엄마 사색이 돼서 말을 못 하더라. 진즉에 자를걸 그랬어. 초등학교 때 내 머리 묶어 주면서 엄마가 짜증 낼 때, 그때 확 잘라 버렸어야 했는데. 자르고 나니까 몸이 가벼워진 것 같아. 어때 잘 어울리지 않아?"

"잘 어울려. 좀 다듬기만 하면 될 것 같아."

"오사강이 있잖아."

나는 윤지윤의 밝은 목소리를 들으면서 생각했다. 체념의 반대말은 희망, 기대 따위가 아니었다. 체념의 반대말은 저항이었다. 윤지윤은 체념하는 대신 저항하는 쪽을 선택한 것이다. 윤지윤의 까만 머리가 햇살에 반짝였다.

"머리를 자르니까 나쁜 게 하나 있어."

"뭐?"

"목덜미가 허전해. 체온이 확 떨어진 것 같아."

윤지윤은 모자를 다시 뒤집어쓰고는 몸을 굼질거리면서 제 옆자리를 내줬다. 나는 윤지윤 옆에 바짝 붙어 앉았다.

"무슨 책 보는 거야?"

"마틸다. 내 최애 책. 초등학교 때부터 용기가 필요할 때 이 책을 봤어. 영화로도 만들어졌잖아. 그 영화도 정말 많이 봤어. 나는 마틸다가 아빠 골탕 먹이는 장면이 가장 좋아. 마틸다가 마침내 덜 떨어진 어른들에게 반격을 시작하는 거지. 마틸다의 초능력은 깊은 분노가 만들어 낸 거야."

윤지윤은 영어로 된 본문을 소리 내어 읽었다.

"뭐냐? 윤지윤 너 여기서 공부하냐?"

오사강이 큰 소리로 말하면서 우리 쪽으로 다가왔다. 오사강은 아주 가볍게 목발을 짚으면서 걸었다. 나는 일어나서 내 자리를 내줬다. 오사강은 목발을 바닥에 내려놓고는 윤지윤 옆에 앉아 책을 들여다봤다.

"뭐야? 영어 책이야? 너 이걸 읽어?"

"내가 좋아하는 책이라서. 마틸다야."

"영화 마틸다? 초능력 부리는 애잖아."

"맞아. 너도 아는구나."

"알지. 그 영화 재미있잖아. 통쾌하고. 마틸다 책도 있구나. 근데 윤지윤 너 어떻게 왔냐? 도서관 간다고 하고 나왔냐?"

"아니, 머리를 자르고 당당히 나왔지."

윤지윤은 다시 모자를 뒤로 젖혔다. 오사강은 놀란 눈으

215

로 윤지윤을 보다가 손을 뻗어 뒷머리를 헝클어뜨렸다가 쓸
어내렸다.

"잘 잘랐네. 잘했어. 내가 좀 다듬어 줄게."

"그래야지. 너네 믿고 한 거야."

"너 우리 한번만 더 믿었다가는 삭발하겠다."

"그러려고."

"헐. 얘 왜 이렇게 세졌냐?"

오사강은 나를 보고는 턱으로 윤지윤을 가리켰다. 나는
가만히 웃었다. 윤지윤은 책을 덮으면서 말했다.

"나 정말 자존감이 꼬깃거렸거든. 엄마한테 욕먹을 때마
다 구겨져서……. 집 밖에서도 자꾸 움츠러드는 거야. 그래
서 친구들도 잘 못 사귀었어. 그런데 너네들 만나면서 자존
감이 좀 생긴 것 같아. 오사강은 내 심정 잘 모르겠지만."

"모를 것도 없어. 내가 친구 많을 거 같지? 내 주위에는 두
부류가 있더라. 하나는 나를 어려워하는 겁쟁이들, 다른 하
나는 곤란한 일 생기면 싸워 달라고 부탁하는 얍삽이들. 애
들은 내가 엄청 잘 싸우는 줄 아는데, 사실 나 평화주의자
야. 나 태권도도 겨루기 하기 싫어서 시범하는 거잖아."

오사강 말에 윤지윤 눈이 동그래졌다.

"시범은 싸우는 게 아냐?"

"아냐. 기술을 익혀서 점점 더 어려운 거에 도전하는 거야. 내가 다리만 안 다쳤어도 시범을 보이는 건데."

오사강은 앉은 채로 멀쩡한 다리를 번쩍 위로 올려 찼다.

"내 자존감은 기술이야. 기술을 하나하나 익힐수록 자존감이 높아져. 태권도를 하면서 나도 나를 좀 좋아하게 됐어. 그전까지는 별로였거든. 근데 도복을 입으면서 내가 좀 괜찮은 사람이 된 거 같더라. 도복이 몸에 착 감기는 그 느낌이 진짜 좋거든. 내 몸에 맞는 옷을 입으면서 자존감이 생긴 것 같아."

"멋지다. 나한테 맞는 옷, 나도 그런 걸 찾게 될까? 엄마가 입혀 주는 것만 입는 바보 같아. 우리 엄마도 나보고 그래. 자기 없으면 아무것도 못 하는 바보 천치라고."

윤지윤이 시무룩하게 말하자 오사강이 고개를 내저었다.

"다른 사람은 너를 판단할 수 없어. 너는 너 자신만 판단할 수 있어. 내가 태권도를 하면서 배운 거야."

"나도 태권도를 할까? 나 초등학교 3학년 때 한 달 배웠는데."

윤지윤이 벌떡 일어나 어설프게 발을 들어 앞차기를 했

다. 오사강이 헛웃음을 지으면서 나를 툭 쳤다.

"야, 너는 얘가 자존감이 꼬깃거리는 애로 보이냐? 윤지윤! 네가 잘하는 공부나 열심히 하셔. 괜히 남의 자리 노리지 말고!"

윤지윤은 웃으면서 도로 바위에 걸터앉아 오사강의 팔짱을 꼈다.

"진짜 고마워. 너네 만나서 정말 나 너무 좋아."

"그만 좋아하고, 지금 몇 시냐? 근데 금붕어가 진짜 오려나?"

"금붕어가 아니고 왕붕어."

내가 바로잡아 주자 윤지윤이 오사강 어깨를 치면서 깔깔깔 웃었다. 우리는 바위에 등을 붙이고 앉아서 오사강은 오른쪽을 나하고 윤지윤은 왼쪽을 지켜봤다. 큰 도로 옆으로 난 샛길로 들어오는 차는 두 부류였다. 세차장이나 설렁탕집이 문을 연 줄 알고 들어왔다가 허탕 치고 나가는 차와 길을 잘못 들어서 갈팡질팡하다가 후진해서 나가는 차. 숲속 낚시터는 개장한 지 한 시간이 지나도록 손님이 없었다.

"금붕어인지 왕붕어인지 그 아저씨 진짜 올까? 안 오면 어떡하지?"

218

코가 빨갛게 된 윤지윤이 어깨를 움츠리면서 말했다.

"기다려 보자. 근데 조금 더 기다리다가 아예 우리도 들어가서 낚시를 하자. 여기 입장료가 얼마야?"

"한 시간에 일인당 9천 원."

내 말에 오사강이 멈칫했다.

"뭐야, 시급보다 비싸네. 우리가 잡은 물고기를 팔아도 그 돈은 못 버는 거 아냐? 좀 더 기다려 보자. 그래도 오늘 날이 많이 춥지는 않네."

오사강은 말하면서 주머니에 손을 집어넣었다. 햇볕이 따뜻했지만, 밖에 오래 있으려니까 한기가 옷 속으로 스며들었다. 윤지윤은 내 팔짱을 끼면서 몸을 바짝 붙였다.

"머리를 너무 짧게 잘랐나 봐. 조금 길게 자를걸. 추워. 아, 근데 아까 가위로 머리카락을 자르는데, 나도 모르게 눈물이 나더라. 군대 가는 남자애들이 머리 자를 때 우는 기분을 이해할 것 같았어. 우리 모두 삼손의 자식인가 봐."

"삼손? 삼손이 누구야?"

오사강이 눈을 동그랗게 뜨고 윤지윤을 봤다.

"머리카락 잘리고 힘을 잃은 사람. 머리카락이 하나님의 자식이라는 증표라나 뭐라나. 여름 성경학교에서 들은 거야.

나 초등학교 때까지 교회 다녔어. 우리 엄마는 요새도 일요일마다 교회 가서 울면서 기도하잖아. 때리고 참회하고 구원받고. 웃기는 트라이앵글이지. 하긴 그냥 뭐든 모른 체하는 사람도 있으니까."

"누구?"

"얼마 전에 나보고 2학년 올라가는 거냐고 한 사람. 아빠. 나 때문에 돈 버느라고 힘들다는 말을 달고 사는 사람."

윤지윤이 마치 남 얘기하듯 말했다. 아빠. 나에게도 아빠가 있었다. 아빠는 지금 어딘가에서 잘 살고 있을 것이다. 나는 세 살 때까지 진희였다가 네 살부터 문희가 되었는데, 내가 문희가 된 뒤로 아빠는 단 한 번도 나를 찾지 않았다. 그 여름에도 그는 오지 않았다. 그는 내 삶에서 완전히 지워졌다. 간혹 딸 손을 잡고 다니는 아빠들을 볼 때 그 사람에게도 딸이 있을까 궁금했다.

왕붕어는 3시 15분에 숲속 낚시터에 나타났다. 낚시터 세 번째 손님이었다. 입구 바로 앞에 주차한 차에서 여자아이가 내렸을 때 윤지윤이 벌떡 일어났다.

"저 여자애 맞아. 물고기 잡고 사진 찍은 애."

여자아이는 방석하고 담요를 끌어안고는 주변을 둘러보

다 우리와 눈이 마주치자 입을 삐죽거리면서 고개를 휙 돌렸다. 오사강이 피식 웃었다.

"쟤 봐라. 우리를 째린다. 요새는 중2가 아니라 초등학생들이 제일 무섭다니까. 근데 쟤 맞아?"

"확실해. 그렇지 무늬야?"

"그런 거 같아."

나는 대답하면서 휴대폰에 저장해 놓은 왕붕어 사진을 오사강에게 보여 줬다.

"그런 거 같네. 가자."

오사강은 목발을 짚고 일어섰다. 나는 오사강 바로 뒤에 붙어 섰다. 윤지윤은 내 옆으로 섰다. 오사강은 성큼성큼 걸었다. 초등학생은 우리가 자기 쪽으로 걸어가자 차에서 막 내려서는 제 아빠를 불렀다.

"아빠!"

왕붕어는 큼지막한 가방을 차에서 꺼내 들면서 우리를 봤다. 오사강이 고개를 푹 숙여 인사했다. 왕붕어는 낯선 아이가 인사하는 걸 의아한 듯 봤고, 여자아이는 제 아빠 옆으로 가서 바짝 붙어 섰다.

"안녕하세요? 저희가 여쭤볼 게 있어서요."

오사강 말에 왕붕어 눈이 커졌다.

"뭘? 나한테요?"

"네. 저희는 이 동네 사는 고등학생들이에요."

"그런데?"

"12월 23일에도 여기 오셨지요?"

"23일? 맞아요. 그런데 왜요?"

왕붕어는 자신의 행적을 아는 수상한 고등학생들을 미심쩍은 눈으로 훑었다.

"갯바위 카페에 올리신 글을 봤어요."

"아, 우리 카페 회원이에요?"

왕붕어는 갯바위 카페 얘기를 하자 태도가 수긋해졌다.

"올리신 글을 보고 카페에 가입했어요. 23일에 원조왕족발에서 족발 주문하신 거 맞지요?"

"족발?"

왕붕어는 족발이라는 말에 복잡한 얼굴이었다. 아마도 순간적으로 족발을 묻는 이유가 뭔지 생각하는 것 같았다. 윤지윤이 나를 보면서 고개를 끄덕였다. 나는 얼른 휴대폰을 꺼내 앞에 내밀었다. 왕붕어는 족발 사진을 들여다보고는 우리를 날카롭게 쏘아봤다.

"근데 왜요? 이 족발이 뭐요?"

목소리가 날카로워졌지만, 오사강은 개의치 않았다.

"그날 이 족발을 배달한 아이가 저희 친구예요. 아마 얼굴을 보지는 못하셨을 거예요. 헬멧을 쓰고 있었을 테니까요. 그렇지요?"

"아, 그래요. 못 봤어요."

"네, 그런데 그 친구가 그날 족발을 배달했다는 확실한 증거가 필요해요."

"증거? 왜요? 증거가 왜 필요해요?"

왕붕어는 가방을 바닥에 내려놓고는 팔짱을 꼈다. 오사강은 우리를 히뜩 돌아봤다. 사실대로 말해? 오사강이 눈빛으로 묻는 질문에 우리 둘은 고개를 끄덕였다.

"제 친구가 그날 배달을 하고 돌아오다 뺑소니차 사고로 죽었어요."

"뭐요?"

왕붕어 이맛살이 찌푸려졌다. 남자는 한숨을 푹 내쉬고는 팔을 들어 시계를 봤다. 그날 잠시 만났던 아이의 죽음은 자신과 전혀 상관없다는 태도였다. 오사강은 꿋꿋하게 말을 이어 갔다.

"제 친구는 그날 분명히 여기에 배달을 하고 돌아가던 길이었어요. 그런데 식당에서는 배달한 적이 없다고 딱 잡아떼고 있어요. 제 친구가 식당 오토바이를 훔쳐 탔다는 거예요. 저희는 제 친구가 오토바이를 훔친 도둑이 아니란 걸 밝히려고 알아보다가 카페에 올리신 글을 본 거예요. 그날 9시 50분에서 10시 사이에 배달한 거 맞나요?"

"글쎄, 시간은 정확히 모르지. 어쨌거나 친구가 죽은 건 안됐지만, 족발 하나 시켜 먹은 걸로 괜한 일 만들지 마요. 내가 바쁜 사람이라 골치 아픈 일 얽히고 그러면 일에 지장이 많아요."

왕붕어는 신경질적으로 말했다. 그런데 여자아이 눈빛은 처음과 달랐다. 아마도 여자아이는 누군가 죽었다는 말에 충격을 받은 것 같았다. 여자아이는 제 아빠 허리춤을 잡아당기면서 또박또박 말했다.

"아빠, 10시쯤 맞아. 아빠가 10시가 다 되어 가는데, 왜 배달 안 오냐고 했잖아. 내가 그 오빠가 갖다준 족발 받았는데, 그 오빠 헬멧 벗고 인사했어."

여자아이 말에 왕붕어는 손사래를 쳤다.

"아, 됐어요. 시간 확인하고 거기 블로그 사진 있으면 되는 거잖아요. 필요하면 그 식당에 사진 보여 줘요. 아니, 그런데 뭐 그런 사람이 다 있어."

"정말 고맙습니다."

오사강이 허리를 굽혀 인사했다. 우리도 따라 인사했다. 여자아이는 덩달아 우리한테 인사를 했다. 왕붕어는 멋쩍은 듯 고개를 돌렸다.

아직 끝이 아니다. 나는 앞으로 살짝 발을 내디디면서 물었다.

"그런데 그날 배달앱으로 주문하고 카드로 계산하신 건가요?"

왕붕어 눈썹이 위로 올라갔다.

"그런데요?"

"죄송하지만 휴대폰에 결제금 찍힌 걸 저희가 좀 찍어 가도 될까요? 확실한 증거가 필요해서요."

"학생, 그거는 안 되지. 내 신상을 공개하는 건데, 그냥 그 사진 보여 줘요. 나는 더는 관여하고 싶지 않아요."

왕붕어가 짜증 섞인 목소리로 말하고는 내려놓았던 가방을 드는데, 여자아이가 큰 소리로 말했다.

"아빠, 결제한 거 보여 주는 게 무슨 신상 공개야. 그냥 어디에 얼마 결제했는지만 뜨잖아!"

여자아이의 당돌한 말에 왕붕어는 당황해서 얼굴이 빨개
졌다.

"네가 뭘 안다고? 넌 가만히 있어."

여자아이는 팔짱을 끼면서 입을 비죽댔다.

"헐, 내가 뭘 몰라. 엄마 카드 쓰면 어디서 얼마 썼는지 엄
마 휴대폰에 딱 찍히거든. 나 엄카 4학년 때부터 썼어. 그걸
보고 개인 신상을 털 수 있겠어? 카드번호도 다 안 찍히는
데. 그리고 아빠 몰라? 가만히 있으라는 말은 나쁜 말이야."

한국 사회에서 중2를 누르고 가장 위협적인 존재로 등극
한 초등학생의 위력은 대단했다. 결국 왕붕어는 딸의 기세
에 눌려 우리에게 그날 족발값을 결제한 화면을 캡처해서
휴대폰으로 보내 줬다. 화면을 캡처한 것도 여자아이였다.

"이거 나중에 괜히 골치 아프게 하지 마요. 내가 학생 전
화번호 아니까."

왕붕어 말에 우리는 선선히 고개를 끄덕였지만, 여자아이
는 달랐다. 한숨을 푹 내쉬면서 고개를 내저었다. 그러고는
제 아빠 등을 떠밀었다.

"아빠 그냥 들어가. 진짜 창피해."

왕붕어는 더 말하지 못하고 딸한테 등 떠밀려 낚시터로 들어갔다. 여자아이는 제 아빠를 따라 들어가다가 뒤돌아서서 손을 흔들었다.

"언니들 파이팅!"

우리는 얼결에 셋이 동시에 손을 들어 흔들었다. 여자아이의 모습이 보이지 않을 때까지. 윤지윤이 소곤거렸다.

"대박! 쟤 진짜 감동이야. 나 쟤가 말하는데 울컥했어."

"그러니까. 아빠가 가만히 있으라고 했을 때 쟤 눈빛 봤냐? 언니들 파이팅이란다. 쟤 뭐가 되도 될 거야."

오사강이 고개를 절레절레 흔들었다.

"아무튼 이제 우리가 모은 증거를 제시하기만 하면 끝나는 거잖아."

윤지윤이 오사강과 내 팔짱을 끼면서 들뜬 목소리로 말했다.

"내일 가자. 태주 말로는 원조왕족발은 늘 오후부터 바쁘니까 오전에 가게 문 열 때 가서 말하는 게 좋다고 하더라. 오늘은 일단 윤지윤 머리카락이나 정리하자. 내일 이 꼴로 협상하러 갈 수는 없잖아."

"살짝 정리만 하면 되겠지?"

"네, 고객님, 막 자른 머리 제가 반듯하게 정리해 드리겠습니다. 그런데 커트비는 확실하게 지불하셔야 합니다."

오사강이 웃으면서 말하자 윤지윤이 입을 비죽거렸다.

"아까는 잘 잘랐다고 하더니. 어쨌든 내 머리도 정리하고, 이진형 일도 정리하고, 모조리 정리하자!"

"정리는 바른 도리라는 뜻도 있어."

내 말에 윤지윤이 눈을 동그랗게 떴다.

"바른 도리? 그럼 우리가 인간이라면 지켜야 하는 도리를 보여 주는 거네."

"됐어. 시합할 때 너무 비장하면 진다. 우리 가다가 떡볶이나 사 가자. 오우승 따라온다고 조르는 걸 떡볶이 사다 준다고 달랬어. 아, 진짜 나 정말 언제까지 육아를 해야 하는 거냐."

"나 오우승 진짜 좋아! 오우승, 오우승!"

윤지윤이 팔을 위로 뻗치면서 오우승을 연호하자 오사강이 콧방귀를 뀌었다.

"그렇게 좋으면 가져가라. 제발!"

진 군

잠을 설쳤다. 소풍 가기 전날 설레는 기분과 같았다. 내 설렘은 발이 땅에 붙어서 도무지 떨어지지 않는 두려움과 이어져 있었다.

내 기억 속 첫 설렘은 일곱 살 때 은수가 놀이공원에 같이 가자고 한 그 여름날이었다. 그날 밤은 행복했다. 거실 창문으로 시원한 바람이 솔솔 들어오고, 며칠 동안 온종일 침대에 누워 있다가 저녁때가 되면 짜장면이나 치킨을 시켜 준 엄마가 그날 저녁에는 웬일로 냉장고에 있는 시들시들한 당근을 썰고, 감자의 흰 싹을 도려내고, 냉동실에서 꺼낸 고기 한 덩어리를 녹여 카레를 했다. 나는 엄마가 기분이 좋은 것 같아 뒤꽁무니를 따라다니면서 은수가 놀이공원에 가자고 한 얘기를 종알댔다. 엄마는 여느 때와 다르게 귀찮아하지 않고, 내 말을 들어 줬다. 그러고는 새로 지은 밥에 카레를 얹어 식탁에 마주 앉았다. 정말 오랜만에 따뜻한 밤이었다. 나는 카레를 반쯤 먹고서는 더 먹지 못했다. 마음이 두근거려서 밥을 다 못 먹겠다고 했을 때도 엄마는 화내지 않고 말했다. 괜찮아. 엄마는 설거지를 하고 쭈글쭈글해진 복숭아를 잘라 줬다. 나는 복숭아를 먹으면서 말했다. 엄마 잠이 오지 않을 것 같아. 만일 그때 내가 그 말을 하지 않았다면……. 내가 설레지 않았다면, 다른 날처럼 말없이 저녁을 먹고 한글 문제집을 풀고 TV를 보다가 거실에서 혼자 잠이 들었다면, 어쩌면 그날 아무 일도 없지 않았을까.

나는 수없이 그 여름밤을 생각했다. 그날 이후로 나는 설렐 적마다 두려웠다. 그래서 소풍을 가지 못했다. 소풍 가는 날 아침에 배가 아프다고 하면 할머니는 일을 나가지 않고 간 고기와 다진 당근을 넣은 죽을 끓여 줬다. 할머니가 새벽에 일어나서 싼 김밥은 점심때 마당 긴 의자에 둘이 나란히 앉아 먹었다. 나는 그게 좋아서 소풍 가는 날을 기다렸고 내 두려움은 차츰 사라졌다. 그래서 중학교 때는 공원과 산성으로 가는 소풍에 따라가서 할머니가 싸 준 김밥을 먹었다. 할머니와 둘이 마당으로 간 소풍보다 더 재미있을 게 없었고, 설렘도 없었지만, 두려움도 없었다.

그런데 족발 가게를 찾아가기로 한 새벽, 희붐한 창을 보면서 나는 밤새 잠을 설치게 한 설렘의 끝에 두려움이 매달려 있다는 것을 깨달았다. 잡지를 봐도, 음악을 들어도 다리가 뻣뻣해지는 두려움을 떨쳐 내기 힘들었다. 나는 억지로 몸을 일으켜 부엌으로 가서 쌀을 씻어 이모가 먹을 밥을 안쳤다. 그러고는 이모가 좋아하는 김치찌개를 끓였다. 이모는 카페하고 살던 집까지 다 잘 정리했다면서 밤늦게라도 집에 오겠다고 했다. 나는 가스레인지 앞에 붙어 서서 김치찌개가 끓으면서 생기는 거품을 걷어 냈다. 할머니가 가장 오래 머물던 곳에 있으면 괜찮아질까 싶었는데, 여전히 가슴이 벌렁거리면서 다리가 무거웠다. 나는 밥을 물에 말아 마시듯 먹고는 안방에 들어가 할머니 앞에 앉았다.

"할머니, 내가 할 수 있을까?"

할머니는 배가 아프다면서 소풍을 가지 않는 손녀딸의 등을 쓸어내리면서 말했다. 너무 애쓰지 마라. 애쓰면 애만 닳아. 하지만, 할머니 이건 내가 꼭 해야 할 일이에요. 소풍처럼 가도 그만 안 가도 그만인 게 아니에요. 애써야 해요.

나는 편의점 앞을 지나가는 이진형의 동영상과 족발값을

지불한 영수증 사진을 저장한 노트북을 챙겨 집을 나섰다. 골목을 막 빠져나올 때 오사강한테 문자가 왔다.

편의점에 도착.

오사강의 문자를 보자 백 미터 달리기 출발선 앞에 선 것처럼 가슴이 울렁거리고 다리도 후들거렸다. 나는 걸으면서 길게 심호흡을 했다. 싸늘한 공기가 폐 깊숙이 빨려 들어갔다가 흰 입김으로 나왔다. 마침 구시장은 장날이라서 아침부터 좌판을 깔아 놓은 상인들이 분주하게 움직였다. 편의점 앞으로는 어물전 좌판이 자리를 잡는데, 트럭에서 끌어내리는 꽁꽁 얼어붙은 동태나 오징어 궤짝이 좌판에 깔리면서 배치근한 냄새가 풍겼다. 나는 숨을 참고 빠른 걸음으로 그 앞을 지나쳐 편의점으로 갔다.

오사강은 편의점 안에 앉아 있었다. 오사강은 나를 보고는 들어오라고 손짓했다. 김태주는 삼각김밥을 먹으면서 손을 흔들었다. 나는 안으로 들어가 오사강 옆에 앉았다.

"무늬야, 아침 먹었어? 삼각김밥이라도 먹을래?"

오사강 목소리가 따뜻해서 편의점까지 달고 왔던 울렁거

림이 좀 가라앉았다. 나는 고개를 내저었다.

"아침 먹었어."

"그래도 삼각김밥 하나 먹어. 아니면 다른 거 먹을래? 나 어제 알바비 탔잖아. 뭐든 먹어."

김태주 말에 오사강이 빙글빙글 웃었다.

"너네 완전 친해진 거 같다."

"우리 생사고락을 함께했잖아. 그날 우리가 날도 추운데 편의점 도느라고 얼마나 고생한 줄 아냐."

김태주는 편의점을 돌다 피자집으로 가서 마침내 이진형의 마지막 행로를 찾아낸 순발력에 대해 길게 얘기했다.

"그거 한번만 더 들으면 백번이야. 암튼 윤지윤 오면 바로 가자. 족발 가게에 손님들 오기 전에 얘기해야 편할 거 아냐. 하필 장날이라서 좀 그렇긴 한데, 빨리 얘기하고 나와야지 뭐. 근데 윤지윤은 올 수 있는 거냐?"

오사강이 말하다가 나를 툭 치면서 손가락으로 밖을 가리켰다. 파란 패딩을 입은 윤지윤이 달려오고 있었다. 바람 때문에 부풀어 오른 파란 패딩은 마치 파란 풍선처럼 보였다.

"가자!"

오사강은 목발을 짚으면서 벌떡 일어났다. 나는 오사강의
어깨를 살짝 받쳐 줬다. 오사강은 혼잣말처럼 중얼거렸다.

"내가 다리만 다치지 않았어도. 아! 진짜 깁스를 언제 푸
냐."

아마 오사강이 다리를 다치지 않았다면, 그날 병원에 있
지 않았다면, 우리는 여기까지 오지 못했을 것이다. 할머니
와 이진형이 이 냉정한 행성을 떠난 그날 밤, 우리 셋이 만난
건 우연이 아니라 운명이었을까.

편의점 앞에서 허리를 굽히고 숨을 몰아쉰 윤지윤은 오
사강과 나를 번갈아 보면서 말했다.

"나 어제 밤을 꼴딱 샜잖아. 잠이 안 오는 거야. 생각해 보
니까 무늬가 날 찾아오지 않았으면, 내가 오사강한테 부탁
할 생각을 하지 않았으면, 오사강이 우리를 돕겠다고 하지
않았으면, 김태주가 귀찮다고 모른 체했으면, 우리가 여기까
지 올 수 없었던 거잖아. 우리 정말 대단해!"

오사강이 윤지윤의 호들갑에 웃었다. 김태주는 고개를 끄
덕이면서 중얼거렸다.

"맞아. 그렇긴 하지."

맞다. 수많은 우연을 운명으로 만든 건 우리의 의지다. 우

리의 선택이 우리를 여기까지 데려온 것이다. 오사강이 허리를 꼿꼿하게 세우고는 말했다.

"가자!"

"응!"

윤지윤도 가슴을 펴고는 오사강 뒤를 따라갔다. 나는 윤지윤 바로 뒤에 붙어 서서 걸었다. 내 옆에 선 김태주가 중얼거렸다.

"아, 그런데 사장님이 호락호락한 사람이 아닌데……."

김태주는 나와 눈이 마주치자 어색하게 웃었다.

"뭐, 우린 확실한 증거가 있으니까."

김태주는 힘줘 말하고는 성큼성큼 앞으로 걸어갔다. 나도 힘줘 땅을 디뎠다. 집을 나올 때 긴장되었던 마음은 걸음을 뗄 적마다 조금씩 부서져 내렸다.

우리 넷은 좌판이 깔리기 시작한 구시장을 가로질러 큰 도로 횡단보도 앞에 멈춰 섰다. 인도에는 벌써 좌판이 길게 늘어서 있고, 알록달록한 파라솔이 쳐져 있었다. 물건을 내린 트럭이 미처 빠져나가지 못하고 길을 막아 혼잡한데다 여기저기서 경적 소리가 울려 소란스러웠다. 횡단보도 신호등은 빨간불이었지만, 행인들은 신호를 무시한 채 얽혀 있는 자동차들 사이로 빠져나갔다. 물건을 가득 실은 카트를 밀고 가던 아저씨가 오사강의 어깨를 툭 치는 바람에 오사강이 중심을 잃고 넘어질 뻔했다. 윤지윤이 오사강을 밀친 아저씨를 노려봤지만, 아저씨는 도리어 비키라고 소리치면서 가 버렸다. 우리 넷은 족발 가게에 닿기도 전에 지칠 판이었다.

"신경 쓰지 말고 가자."

오사강은 신호등이 파란불로 바뀌자 목발을 짚으면서 앞으로 나아갔다. 족발 가게가 점점 가까워지면서 나는 다시 가슴이 두근거렸다.

우리 넷이 족발 가게 앞에 나란히 섰을 때 심장박동이 더 빨라졌다. 가게 문은 활짝 열려 있었고, 가게 앞에 올려놓은 큰 솥에서는 거무스름한 물이 끓고 있었다. 윤지윤은 내 팔짱을 꼭 끼면서 속삭였다.

"나, 떨려 죽을 것 같아."

"나도. 내가 시합할 때도 떠는 사람이 아닌데, 진짜 심장이 오그라드는 것 같네."

오사강이 어깨가 들썩이도록 숨을 들이쉬었다가 내쉬었다.

"진짜?"

윤지윤이 고개를 쑥 빼고는 오사강을 봤다. 오사강은 고개를 끄덕이더니 가게 앞으로 발을 내디뎠다. 심장이 오그라든다고 하더니 목발로 땅을 짚는 소리는 힘이 넘쳤다. 김태주는 제 뒷머리를 자꾸 쓸어내리면서 웅얼댔다.

"아, 진짜 저 사장 성질 더러운데."

김태주가 망설이는 걸 보면서 나는 오사강 뒤를 바짝 따라붙었다. 성질이 더러운 사람한테 오사강이 봉변을 당하게 놔둘 수는 없으니까. 윤지윤도 내 옆에 꼭 붙어 걸었다. 김태주는 머뭇대면서 걸음을 떼지 못했다.

우리 셋이 가게 안에 들어서자 가게 안쪽 개수대에서 족발을 씻고 있던 사장이 큰 소리로 말했다.

"아직 영업 시작 안 했어요. 11시부터 영업해요."

"안녕하세요? 말씀드릴 게 있어서요."

오사강이 앞으로 나서면서 말했다. 까만 비닐 앞치마를 두른 사장은 씻은 족발을 빨간 소쿠리에 담고는 우리 셋을 훑어봤다. 소쿠리에서는 흰 김이 올라왔다.

"왜? 아르바이트 알아보려고? 지금은 바쁘니까, 전화번호하고 집 주소 적어 놓고 가."

"아르바이트 알아보려고 온 게 아니에요."

"그럼?"

"저희는 이진형 때문에 왔어요."

사장은 족발이 담긴 소쿠리를 들어 옮기려다가 오사강 말에 소쿠리를 테이블에 쿵 소리 나게 올려놓았다.

"뭐?"

사장이 얼굴을 찌푸리면서 우리를 똑바로 봤다.

"뭐라는 거야? 이진형?"

"네."

"걔가 왜?"

"이진형이 사고 난 날, 이 가게 오토바이를 훔쳐 탄 게 아니라 배달을 나간 거였지요?"

오사강의 목소리는 힘 있고 차분했다. 사장은 손에 끼고 있던 까만 고무장갑을 빼면서 우리 쪽으로 걸어왔다. 내 팔을 잡고 있는 윤지윤의 팔이 떨려서 나는 떨 수도 없었다.

"너네 뭐야? 지금 남의 영업집에 아침부터 와서 뭐라고 떠드는 거야?"

사장은 고무장갑을 우리 옆에 있는 테이블에 메다꽂듯 집어던졌다. 거뭇한 얼굴에 머리를 짧게 민 사장은 말을 할 적마다 입술처럼 눈썹이 꿈틀거렸다.

"저희가 확인했는데, 이진형은 그날 배달 간 거였어요."

"뭐라고? 너네 뭐야?"

사장은 팔짱을 끼고 무섭게 노려봤다.

"저희는 이진형 동네 누나들인데요."

윤지윤이 기어들어 가는 소리로 말했다.

"뭐? 뭐라고?"

"동네 누나요!"

윤지윤이 큰 소리로 말하고는 제풀에 놀라 움찔했다. 사장은 코웃음을 쳤다.

"동네 누나? 그래, 동네 누나들이 지금 무슨 근거로 그런 말을 하는 거야. 가만있어 봐. 너네 저 새끼하고 온 거야?"

사장이 우리 뒤를 보면서 소리쳤다. 문 앞에 얼쩡거리던 김태주가 어깨를 웅크린 채 가게 안으로 발을 집어넣었다.

"야, 이 새끼야. 네가 떠들고 다니냐? 이진형이 배달했다고? 가장 바쁜 날 말도 없이 안 나와서 엿 먹이더니 그딴 말을 하고 다녀?"

사장 눈이 희번덕거렸다. 가게 안으로 들어선 김태주는 죄지은 사람처럼 고개를 푹 숙이고는 중얼거렸다.

"제가 그날 안 나온 건 잘못인데요. 그래서 이진형이 저 때문에 죽었다는 생각 때문에 괴롭기도 한데요. 사장님도 배달시켜 놓고 안 시켰다고 하면 안 되는 거잖아요."

"뭐 이 새끼야! 야, 너 정말 내가 좋게 끝내려고 했더니 뭐?"

사장은 씩씩거리면서 당장이라도 김태주에게 달려들 기세였다. 오사강이 사장 앞을 가로막았다.

"사장님 저희 증거가 있어요."

"넌 뭐야? 증거? 그딴 게 어딨어!"

사장은 고래고래 소리를 지르면서 옆에 있는 의자를 발로 걸어찼다. 윤지윤이 움찔하면서 내 팔을 꽉 움켜쥐었다. 나는 작은 목소리로 말했다.

"괜찮아."

나는 윤지윤이 겁을 먹은 줄 알았다. 그런데 그게 아니었다. 윤지윤이 내 팔을 힘줘 잡은 건 힘을 내기 위해서였다.

"우리가 증거를 찾았다고요! 이진형이 배달했다는 확실한 증거가 우리한테 있다고요!"

윤지윤 목소리가 가게에 쩌렁쩌렁 울렸다. 사장의 낯빛이 붉어졌다.

"이것들이 진짜 웃기네. 증거? 무슨 증거."

"증거는 여기 있어요."

나는 가방에서 노트북을 꺼내 바로 앞에 있는 테이블 위에 올려놓았다. 사장이 눈을 내리뜨며 노트북을 힐긋 보고는 김태주에게 소리쳤다.

"너, 진짜 내가 가만 안 둔다. 이게 지금 뭐 하는 짓이야?"

"그날 이진형이 배달하는 거 CCTV에 다 찍혔어요."

김태주 목소리가 커졌다. 나는 침착하게 노트북을 열어 동영상을 화면에 띄웠다. 그러고는 사장이 볼 수 있도록 노트북을 돌려놓았다.

"구시장 편의점 앞에서부터 찍힌 거예요. 그날 이진형은 배달을 나갔고, 이진형의 행로가 CCTV에 다 찍혀 있어요."

"야, 이진형이 그냥 오토바이를 타고 나간 거라고. 배달한 게 아니야. 그리고 이것만 보고 어떻게 배달한 걸 알아?"

"맞아요. 이것만 보면 합리적인 의심만 가능해요. 이진형이 배달을 하고 나오다 사고를 당했다는 확실한 증거가 될 수 없어요."

"그럼 꺼져. 쓸데없는 소리 하지 말고."

"아뇨. 그런데 다른 증거가 있어요."

나는 피자집 앞에서 마지막으로 찍힌 영상 파일을 닫고, 왕붕어가 카페에 올린 사진하고 배달앱으로 주문 결제한 영수증 사진 파일을 열었다.

"숲속 낚시터에서 그날 그 시각에 여기 족발을 받은 사람이 결제한 영수증이에요."

사장은 고개를 살짝 숙여 영수증을 보는가 싶더니 노트북을 확 덮어 버렸다.

"이것들이 진짜. 누굴 물먹이려고. 야, 너네가 이진형하고 무슨 상관이야. 그리고 사고 난 게 내 탓도 아니잖아. 뺑소니 차에 죽은 걸 왜 여기 와서 따져."

"그럼 이진형이 그날 배달한 걸 인정하시는 거예요?"

나는 고개를 들고 사장을 똑바로 봤다.

"뭔 개소리야. 아니라니까, 아니라고. 너네 이거 들고 안 나가면 가만두지 않을 거야. 너네 명예훼손이야. 그리고 영업 방해야. 당장 나가!"

사장은 노트북을 손으로 확 밀쳤다. 나는 테이블 아래로 떨어지려는 노트북을 손으로 잡아 가슴에 안았다. 몸이 부들부들 떨렸다. 오사강이 나를 보고는 괜찮다는 듯 고개를 끄덕였다. 오사강은 침착하게 말했다.

"사장님, 우리 이거 이진형 가족한테 넘겨줄 거예요. 그러니까 지금이라도 이진형 가족한테 사실대로 말하고 사과하세요. 그리고 이진형 죽음에 대해서 책임지세요."

"뭐? 책임? 알바시켜 주고, 따박따박 알바비 줬으면 됐지, 내가 뭘 책임져. 태주, 이 새끼야 내가 잘해 준 걸 이렇게 갚냐?"

"사장님이 뭘 잘해 줘요? 배달하다가 오토바이 고장 난 것도 내 돈 내고 수리했잖아요."

김태주는 어처구니없어했다. 사장은 눈을 부라리면서 소매를 걷어붙였다.

"이 새끼가……. 야, 네가 험하게 타서 고장 났으니까, 너보고 책임지라고 한 거 아냐."

"아니, 무슨 일이에요."

사장이 김태주한테 막 걸어가려고 하는데 웬 아주머니가 가게로 쑥 들어왔다. 아주머니는 가게 안으로 들어오자마자 문 앞에 있는 계산대에 가방을 올려놓았다. 아주머니는 태주를 보고는 알은체했다.

"태주 왔니? 근데 왜 그래? 사장님 무슨 일이에요?"

김태주는 아주머니를 보고는 고개를 숙여 인사했다. 사장은 인상을 쓰면서 말했다.

"애들이 말도 안 되는 얘기를 해."

"무슨 말이요?"

"됐어. 야. 너네들 빨리 나가. 당장 안 나가면 경찰을 부르든 할 테니까."

"아저씨, 경찰을 부를 사람은 우리예요."

윤지윤이 떨리는 목소리로 말했다. 사장은 윤지윤을 쏘아보면서 소리쳤다.

"어린것들이 아무것도 모르고 어디서 큰소리야. 너네 무단 침입이야. 당장 나가. 그리고 그딴 얘기 하고 돌아다니면 내가 가만있지 않을 거야."

"사장님, 이거 이진형 가족한테 알릴 거예요."

목발을 단단히 짚고 있는 오사강은 목소리도 단단했다. 사장은 테이블을 확 밀치면서 소리쳤다.

"안 나가!"

김태주는 오사강의 어깨를 툭 쳤다.

"나가자. 소용없어."

하지만 오사강은 똑바로 선 채로 사장을 노려봤다. 아주머니는 패딩을 벗고는 앞치마를 두르면서 뭔일이래 하고 중얼거리다가 나랑 눈이 마주쳤다.

"어머, 너 영심 언니 손녀딸 아냐? 맞지? 나, 할머니 장례 식장에 갔었잖아. 나 시장 골목 병천순대국밥에서 일했는데, 할머니가 전에 식당 했던 자리. 몰라?"

"안녕하세요?"

나는 얼결에 아주머니한테 고개를 숙여 인사했다. 사장은 나를 노려보면서 중얼거렸다.

"꼭 아는 것들이 뒤통수를 친다니까."

아는 것들이란 말에는 나만 포함된 게 아니었다.

"사장님!"

내가 따지려고 앞으로 나서려는데, 김태주가 내 팔을 잡았다.

"가자. 그냥 가자. 소용없다니까."

김태주는 버티고 있는 오사강의 어깨를 툭 쳤다. 오사강은 사장이 밀어놓았던 테이블을 목발로 휙 밀치고는 뒤돌아섰다.

"야!"

사장의 고함에 나도 윤지윤도 움찔했다. 오사강이 우리 뒤에서 작게 말했다.

"뒤돌아보지 마."

우리는 사장의 거친 욕을 들으면서 가게를 빠져나왔다. 가게 앞을 지나가는 사람들이 우리를 힐끗거렸다. 오사강은 목발을 짚으며 천천히 걸었고, 나는 바들바들 떠는 윤지윤 손을 꼭 잡았다. 김태주는 발밑을 보면서 욕을 내뱉었다.

일 곱 살

　박성자 씨는 장날에는 시장 입구에 있는 우리청과물 일을 도왔다. 우리청과물 주인을 시장 사람들은 우리네라고 불렀는데, 박성자 씨와 우리네는 언니 동생 하는 사이였다. 둘은 진짜 친자매처럼 싸울 때는 서로 머리끄덩이를 잡았다. 1년에 반은 친했고, 반은 원수로 지냈다. 그날 박성자 씨와 우리네는 세상에 둘도 없이 사이좋은 자매 기간이라서 박성자 씨는 아침밥 숟가락을 내려놓자마자 부리나케 가게로 달려가 우리청과물 상호가 박힌 푸르죽죽한 앞치마를 두르고 산처럼 쌓여 있는 귤을 맡아 팔고 있었을 것이다. 아마도 원조왕족발 둘째 아들한테서 온 전화를 받았을 때 박성자 씨는 빨간 소쿠리에 소복하게 골라 담은 귤을 까만 봉지에 넣어 주고 있었을지 모른다. 격앙된 아들 목소리를 들으면서 가늘게 그린 박성자 씨의 눈썹은 치켜올려졌을 것이다. 박성자 씨는 전화를 끊자마자 원조왕족발로 내처 달려왔을 테고, 어깨가 축 처져 있던 우리 넷은 성난 얼굴로 달려오는 박성자 씨를 신호등 앞에서 무방비 상태로 맞닥뜨렸다.

나는 우리청과물 앞치마를 두른 박성자 씨와 눈이 마주치는 순간 심상치 않은 기운을 느꼈다. 박성자 씨는 오사강을 밀치면서 내 앞으로 와 눈을 치켜떴다.

"문희, 너 지금 어디 갔다 오냐?"

"네?"

"너, 무슨 짓거리를 하고 다니는 거냐고? 뭐? 내 아들이 애를 죽여? 오토바이 타고 나가 죽은 애를 왜 내 아들보고 책임지라는 거야?"

박성자 씨가 두툼한 턱을 쳐들었다. 나는 그 순간 무자비하게 몰아칠 태풍 한가운데 서 있다는 것을 깨달았다. 내가 원조왕족발 앞을 기웃거릴 때부터 예측했어야 하는 일이었다. 나는 어처구니없게도 엄청난 위력을 행사할 박성자 씨를 까맣게 잊고 있었다. 지금 내 눈앞에 있는 박성자 씨는 30년 지기의 죽음을 안타까워한 동네 할머니가 아니라 원조왕족발 사장 어머니였다. 박성자 씨는 싸울 때마다 늘 그랬듯이 소매부터 걷어붙이고는 내게 삿대질을 했다.

"너, 불쌍해서 족발까지 거둬 먹였는데, 은혜를 원수로 갚
아도 유분수지, 장사하는 집에 재수 없게 아침 댓바람부터
쫓아가 분탕질을 해?"

"할머니, 그게 아니고요."

"할머니? 내가 네 할머니를 봐서 그 집에 왔을 때부터 얼
마나 예뻐했어? 그런데 어쩌고 어째? 내 아들이 알바하던
놈을 죽였다고? 이게 어디 생사람을 잡아. 네깟 게 뭔데!"

"할머니, 진짜예요. 알바생이 오토바이를 훔쳐 탄 게 아니
라 배달 나갔다 사고를 당한 거예요."

눈이 휘둥그레진 윤지윤이 나서며 조심스럽게 말했지만,
박성자 씨 귀에 들릴 리 없었다. 나는 박성자 씨를 잘 안다.
박성자 씨는 길 한복판에서 사람들이 수군대든 말든 자신
의 말을 다 퍼부을 때까지 이 싸움을 끝내지 않을 것이다.
나는 오사강에게 말했다.

"먼저 가."

오사강은 내 말에 고개를 살짝 내저으면서 박성자 씨 옆
에 바짝 다가섰다.

"할머니, 무늬한테 화내지 마시고 저희 말 좀 들어 보세

요.”

　김태주는 제 머리를 긁적이면서 뭐라 중얼거렸다. 박성자 씨는 내 편을 드는 셋을 쏘아보면서 소리쳤다.

　“너희들 빠져. 어디서 어른한테 또박또박 말대답이야.”

　윤지윤은 금방이라도 울 것 같은 얼굴로 내 팔을 잡아당겼다.

　“무늬야, 그냥 가자.”

　“뭐? 그냥 가? 정말 요즘 것들은 싸가지가 없어. 다 끼리끼리 노는 거지. 야, 문희 너, 얘들하고 당장 가서 우리 아들한테 사과해. 그리고 다시는 말도 안 되는 소리 안 하고 다닌다고 각서라도 써.”

　박성자 씨가 두 손을 허리춤에 올리고는 나를 매섭게 노려봤다. 나는 박성자 씨 눈을 피하지 않았다.

　“아뇨. 할머니, 제 친구들도 저도 잘못한 거 없어요.”

　“뭐?”

　“아드님이 이진형 가족한테 거짓말한 거예요. 그날 이진형은 배달 나갔다가 사고가 났어요.”

　“얘가 지금 뭐라는 거야. 아니, 그럼 내 아들이 배달을 시키고 시치미를 뗐다는 거야?”

250

"네."

"이게 돌았나. 예쁘다 예쁘다 했더니 버릇없이 기어오르네. 어디라고 고개를 빳빳하게 세우고 따져!"

"할머니, 증거가 있어요. 그날 이진형이 배달을 나갔다는 확실한 증거가 있어요."

박성자 씨의 살팍진 볼이 실룩거리고, 눈꺼풀이 파르르 떨렸다. 파르르 할머니의 물불 가리지 않는 분노가 절정으로 치닫고 있었다. 하지만 어쩔 수 없었다. 두려움 때문에 진실을 부정할 수는 없다. 나는 다리에 힘을 주면서 몸을 좀 더 꼿꼿하게 폈다. 흔들리지 않고 버텨 낼 작정이었다. 박성자 씨는 욕을 하면서 내게 달려들어 내 패딩 앞자락을 두 손으로 우악스럽게 움켜쥐었다.

"증거? 어디 말 같지 않은 소리를 나불거려? 너 경찰서 가서 따지자. 죄 없는 사람 누명 씌우는 거 그거 큰 죄야. 내가 정말, 말을 안 하니까. 그러니까 핏줄은 못 속이는 거야. 제 자식 죽이려 한 어미한테 뭘 배웠겠어. 모르긴 몰라도 그 어미에 그 딸이지. 징글징글하게 독한 핏줄인 거지. 하기야 제 어미 죽는 걸 눈으로 보고도 멀쩡한 거 보면 보통 독한 게 아니지."

박성자 씨가 무서운 말을 쏟아 내는 순간, 이 행성의 모든 것이 멈춘 것 같았다. 바람도 그쳤고, 소리도 들리지 않았다. 이 행성에 살아 움직이는 것은 단 하나. 제 어미가 죽는 걸 눈으로 보고도 멀쩡한 징글징글하게 독한 핏줄. 이 행성에 나를 옭아매고 있던 그 말만 휘몰아쳤다. 나는 그날의 모든 기억이 한꺼번에 몰려들어 눈앞이 흐릿했다.

내가 어떻게 박성자 씨 손을 뿌리치고 그 자리를 벗어났는지 기억나지 않는다. 흑백사진 속 풍경처럼 멈춘 우주에서 거친 숨을 몰아쉬며 내달리다 멈춰 섰을 때 하늘은 잿빛이었다. 나는 육교 위에서 빛이 사라진 하늘을 올려다봤다. 하늘은 낮게 내려앉았다. 내 우주는 종말이었다. 이대로 모든 것이 끝났으면, 이 행성이 우주의 블랙홀로 빨려 들어갔으면, 아니 이 행성이 본래 존재하지 않았고, 나도 존재하지 않은 거라면…… 46억 년을 버텨 온 이 행성은 아직 멀쩡했다. 전철은 잿빛 세상을 뚫고 때맞춰 달리고 있었다. 나는 멀어지는 전철의 불빛을 보면서 주저앉았다. 차가운 바람에 머리칼이 흩날렸다. 나는 아직 살아 있다. 그날 죽었어야 하는 나는 아직도 살아 있다. 11년이란 긴 시간을 어떻게 살아왔는지 아득하다. 그 여름 일곱 살 아이가, 큰 슬리퍼를 신고

옆집 문을 두드리던 그 아이가 육교 위에 서 있었다. 나는 그 여름에서 영원히 벗어나지 못할 것이다.

전철이 여러 대 지나가고, 나는 멍하니 육교 아래를 내려 다봤다. 일어서야 하는데, 일어서면 일곱 살 아이일까 봐 겁 나서 일어설 수 없었다. 먼지 같은 게 흩날리는가 싶더니 차 가운 알갱이가 얼굴에 손등에 떨어졌다. 눈이 왔다. 눈 내리 던 날 집으로 돌아왔다는 할머니. 열아홉 살의 이영심 씨가 생각났다.

"할머니."

할머니가 있었다면……. 할머니 생각을 하자 가슴에서 뜨 거운 것이 턱 밑까지 올라오면서 눈자위가 뜨거워졌다. 할머 니가 있는 곳으로 돌아가야 한다. 할머니는 우주 어딘가에 서 나를 보며 말하고 있을지 모른다. 문희야, 춥다.

일어서는데 굳어 버린 무릎이 바로 펴지지 않았다. 나는 난간을 꼭 붙잡고 육교 아래를 내려다봤다. 손톱만 하게 굵 어진 눈이 철로 위로 부서졌다. 나는 한참 동안 아래를 내려 다보다가 걸음을 뗐다. 발아래만 보면서 걷다가 계단에 발 을 내려놓으려는데 소리가 들렸다.

"무늬야!"

육교 계단 중간에 나란히 앉아 있는 오사강과 김태주가 눈에 들어왔다. 벌떡 일어난 윤지윤은 계단을 뛰어 올라와 다짜고짜 내 허리를 끌어안았다.

"무늬야!"

윤지윤이 소리 내 울었다. 나는 윤지윤한테 안긴 채 오사강과 김태주를 내려다봤다. 김태주는 목발을 짚고 일어서는 오사강을 도왔다. 오사강은 나를 보고는 담담한 목소리로 말했다.

"무늬야, 가자."

나는 고개를 끄덕였다. 나를 놓아 준 윤지윤은 눈물을 훔치면서 내 손을 꼭 잡았다.

"손이 꽁꽁 얼었잖아."

윤지윤 손도 차가웠다. 윤지윤은 내 손을 잡아끌었다.

"어디 따뜻한 데로 가자. 너 이러다가 감기 걸리겠어."

나는 윤지윤 손에 이끌려 오사강과 김태주 뒤를 따라 계단에서 내려왔다. 오사강은 갈 만한 데가 있다면서 앞서 걸어갔다. 오사강은 전철역 앞에 있는 아파트 단지를 가로질러 구시장 뒤로 이어지는 길로 걸었다. 걷는 동안 윤지윤은 내 손을 놓지 않았다.

오사강이 간 곳은 미래서점 앞에 있는 미미옷장이었다. 오사강은 문 앞에 쌓여 있는 전단지를 목발로 쓱 밀어놓고는 주머니에서 열쇠를 꺼내 출입문 열쇠 구멍에 집어넣었다.

"우리 엄마가 하던 가게였는데, 요즘 누가 프릴 달린 옷을 입는다고. 그런 옷만 갖다 놓는데 장사가 되겠냐? 우리 엄마 어릴 적에 미미 인형 못 가져 본 게 한이라서 그렇다나, 암튼 미미 인형한테나 입힐 만한 옷만 팔다가 망했지."

"왜? 나는 프릴 달린 옷 좋은데."

"윤지윤, 우리 엄마 유일한 고객이 될 뻔했네. 손님 들어가시지요."

오사강은 문을 활짝 열어젖히고는 팔을 유연하게 앞으로 뻗었다. 가게 안은 아주 깨끗하게 치워져 있었다. 옷 가게였다는 흔적은 가게 한쪽에 있는 긴 옷걸이뿐이었다. 오사강은 벽으로 바짝 붙여 놓은 길쭉한 테이블에 쌓여 있는 신문 몇 장을 김태주에게 줬다.

"이거 깔고 앉자."

김태주는 재빠르게 신문을 펼쳐서 바닥에 깔아 놓았다. 오사강은 목발을 테이블에 받쳐 놓고는 신문지 위에 앉아서 깁스한 다리를 쭉 폈다.

"앉아."

윤지윤은 그제야 내 손을 놓고는 오사강 옆에 앉았다. 나
도 윤지윤 옆에 앉았다. 김태주는 우리와 좀 떨어져 앉았다.
침묵이 흘렀다. 나는 내 무릎 아래 인쇄된 글자를 들여다봤
지만, 눈에 들어오지 않았다. 글자는 이상하게 조합된 그림
같았다. 나는 그걸 보면서 입을 뗐다.

"일곱 살 여름이었어. 미술 학원에 갔다 오는데, 골목에서
은수를 만났어. 우리 앞집에 사는데 나랑 같은 유치원에 다
녔거든. 은수가 내일 형이랑 아침에 놀이공원에 같이 가자
고 했어."

그 말을 하는데, 은수 입에서 나던 단내가 내 코끝에 풍겼
다.

"그 여름 오후가 아직도 생생하게 기억나. 은수가 인라인
을 타던 모습도. 냄새도. 하늘 빛깔도."

"그래서 놀이공원에 갔어? 나는 놀이공원에 초등학교 소
풍 갈 때 처음 가 봤어. 우리 엄마가 놀이기구 타는 거 진짜
싫어해서 동물원만 다녔거든. 자기 싫은 건 안 했어. 예나 지
금이나."

윤지윤이 퉁명스럽게 말했다. 나는 고개를 들어 윤지윤을

보면서 고개를 내저었다.

"그 놀이공원은 우리 동네에 있는 작은 놀이공원이었어. 안에는 못 들어가 봤지만, 그 앞에는 여러 번 가 봤어. 회전목마가 있고, 바이킹도 있었어. 크지 않아서 입구에서도 놀이기구가 다 보였어. 은수 엄마가 거기 매표소에서 일해서 은수는 가끔 형하고 놀이터 가듯이 다녔던 것 같아."

"은수라는 애 좋았겠네. 그런데 은수가 너 좋아했구나."

윤지윤이 금세 들뜬 목소리로 말하는데, 은수 얼굴이 또렷하게 기억났다.

"은수 때문에, 그 놀이공원 때문에 우리 엄마가 준 수면제를 먹지 않았어. 그날 저녁을 먹으면서 내가 말했거든. 놀이공원에 갈 생각에 설레서 잠이 오지 않을 거라고. 그랬더니 엄마가 밤에 약을 줬어."

엄마는 내 손에 알약 하나를 올려놓았다. 그러고는 말했다. 이거 먹고 푹 자. 그래야 놀이공원에 가서 실컷 놀지.

"그런데 나는 그걸 먹으면 너무 오래 잔다는 걸 알았어. 엄마가 날마다 그걸 먹고 잤으니까. 나는 그 알약을 몰래 버렸어. 그걸 먹고 너무 오래 자서 놀이공원에 못 가게 될까 봐."

나는 숱하게 생각했다. 그걸 먹었더라면, 그랬더라면 나는 지금 이곳에 없었을 것이다. 나는 신문지를 뚫어져라 보면서 말을 이어 갔다.

"나는 그날 밤 엄마하고 침대에서 같이 누워 잤어. 다른 날은 나 혼자서 거실에서 잤거든. 엄마 옆에 누워 자니까 좋아서 잠이 오지 않았는데, 엄마가 싫어할까 봐 한참 동안 잠든 척을 하다가 진짜 잠이 들었어. 그런데 내가 자다가 왜 깼는지 몰라. 일어나서 거실로 나오면서 엄마를 깨우지 않았어. 엄마를 깨우면 놀이공원에 가지 말라고 할까 봐. 엄마는 깨우는 거 싫어했거든."

아무한테도 하지 않은 얘기였다. 할머니도 이모도 모른다. 사람들은 내가 용케 살아서 옆집 문을 두드린 줄 안다. 아니, 나는 밤에 깨서 거실로 나와 잠들었다. 그리고 아침에 안방 문을 열고 조심스럽게 말했다. 엄마 나 놀이공원 가야 해요.

"거실에서 잠이 들었다가 아침에 깼어. 만약에 내가 밤에 깼을 때 엄마를 깨웠다면 우리 엄마는 죽지 않았을 거야. 아니 연탄불을 피운 안방 문이라도 열어 놓았다면. 나는 오랫동안 생각했어. 바보 같은 내가 그냥 수면제를 먹어야 했다

258

고."

나는 더 말을 하지 못했다. 윤지윤이 가만히 내 손을 잡았
다. 내 손을 잡고 있는 윤지윤 손이 떨리는가 싶더니 흐느껴
울었다. 텅 빈 공간에 흐느낌이 맴도는데, 나는 울지 않았다.

"아침에 옆집 문을 두드리면서 말했어. 우리 엄마 살려 달
라고. 울면서 문을 두드렸어. 그날 이후로 나는 울지 않았어.
이상하게 눈물이 나지 않았어. 할머니가 돌아가셨을 때도
울지 못했어. 가끔 생각해. 나는 일곱 살 때 죽은 건지도 모
른다고. 나는 허상인지도 모른다고. 사람이라면 울어야 하
잖아."

나는 말하면서 밖을 내다봤다. 길에는 눈이 쏟아지고 있
었다. 할머니는 발이 푹푹 빠지는 길을 걸어 집으로 돌아가
면서 울었을까. 할머니, 그날 내가 엄마한테 말했어요.

"내가 안방 문을 열고 한 말이 뭐였는지 알아? 엄마 나 놀
이공원 가야 해요. 그 말이, 내 목소리가 잊히질 않아."

내가 잡지를 소리 내 읽은 건 그 목소리를 잊고 싶어서였
는지 모른다. 그렇지만 지금도 나는 꿈에서 그 목소리를 듣
는다.

"무늬……, 네가 잘못한 거 아냐. 진짜 아냐. 진짜……."

윤지윤이 울음 섞인 목소리로 말하면서 내 손을 힘줘 잡았다.

"맞아."

나는 눈이 빨개진 김태주가 고개를 끄덕이는 모습을 바라봤다. 오사강은 눈물을 훔치면서 말했다.

"무늬야, 너 겨우 일곱 살이었어."

겨우 일곱 살. 나는 고작 일곱 살이었다. 은수가 집 앞에 나와 놀 적마다 같이 나가 놀고 싶었고, 엄마하고 놀이공원에 가고 싶었고, 미술 학원에서 그려 온 그림을 엄마한테 보여 주고 칭찬받고 싶었다. 나는 엄마가 좋았는데……. 엄마……. 엄마는 나한테 그러지 말아야 했다.

내 입에서 울음이 터져 나왔다. 눈물이 신문지에 뚝뚝 떨어졌다. 울음을 멈출 수가 없었다.

자　국

　오후부터 눈발이 가늘어지더니 해거름에는 날이 개고 옅은 파란 하늘에 노을이 번졌다. 나는 처마 밑 긴 의자에 앉아서 하늘을 올려다봤다. 설핏한 하늘은 차츰 어두워졌다. 검푸른 하늘에 손톱 달은 빛의 자국처럼 남았다. 눈이 쌓인 마당에는 내 발자국이 고스란히 남아 있었다. 나는 세상에 남은 자국을 번갈아 보면서 이모를 기다렸다. 이모는 골목길에 가로등 불빛이 노랗게 익을 무렵 큰 트렁크 두 개를 양손으로 끌고 돌아왔다. 이모는 대문을 열쇠로 따고 트렁크 두 개를 먼저 마당으로 밀어 넣다가 나를 보고는 깜짝 놀랐다.

　"희야, 왜 추운데 밖에 나와 있어?"

　내가 대답하지 않자 이모는 얼른 대문을 닫고는 내 앞으로 뚜벅뚜벅 걸어왔다.

"희야, 무슨 일 있어?"

"이모."

나는 눈물이 나서 말을 잇지 못했다. 이모는 아무 말 없이 나를 끌어안았다. 이모 품이 따뜻해서 다시 용기가 났다. 나는 이모와 나란히 긴 의자에 앉아 그 여름날 일곱 살짜리의 이야기를 했다. 일곱 살짜리 기억에 깊이 새겨져 도무지 지워지지 않았던 아픔과 두려움, 그리고 슬픔. 내가 얘기를 끝냈을 때 이모는 두 손으로 얼굴을 가리고 울었다. 이번에는 내가 이모를 안아 줬다.

밤에 우리는 안방에 나란히 이불을 깔고 누워 그동안 하지 않은 얘기를 했다. 나는 이진형의 죽음에 대해, 이모는 아버지 얘기를 했다. 자식들한테 냉정했던 아버지, 큰딸의 결혼을 반대해 결혼식장에도 가지 않은 아버지, 아버지 장례를 치를 때 눈물이 나지 않았다고 조용히 말했다. 이모는 몸을 돌려 할머니 유골함을 바라보면서 쉰 목소리로 말했다.

"엄마가 우리 집 대문을 노란색으로 칠한 진짜 이유를 알 것 같아. 아마도 세상 사람들을 피해 숨지 말라는 뜻이었을 거야. 너를 데려온 날 엄마가 그러더라. 부끄러워할 사람도 미안해할 사람도 나다. 너희는 그러지 마라. 너희는 슬퍼만

해라."

"할머니는 한번도 엄마 얘기를 하지 않았어."

"엄마는 알고 있었던 거야. 네가 그날 일을 기억한다는 걸. 오빠하고 나는 네가 기억을 잊은 것 같다는 의사 말을 믿었지만, 우리 엄마 남의 말을 곧이곧대로 믿는 사람이 아니거든. 엄마는 네가 그 기억을 잘 이겨 내길 바란 것 같아."

"할머니는 나를 볼 적마다 엄마 생각이 나서 힘드셨겠지."

"아니, 아니야."

이모는 내 쪽으로 돌아누웠다.

"엄마는 네가 커 가는 모습을 보면서 정말 좋아했어. 네가 없었다면 엄마는 집하고 연락을 끊은 큰딸을 마냥 기다리기만 한 자신을 내내 자책했을 거야. 희야, 네가 없었으면 엄마는 살지 못했을 거야. 네가 있어서 엄마는 살 수 있었어. 너를 키우는 동안 엄마는 행복하셨을 거야. 가끔 큰딸 생각에 가슴 아팠겠지만……. 내가 그랬거든. 회사에서 죽게 일하다가 집에 와서 너를 보면 기운이 났어."

"이모도 삼촌도 나 때문에 멀리 간 거라고 생각했어. 내가 부끄러워서. 중학교 1학년 때 본 시사 잡지에 내 얘기가 있었어. 학대받는 아이들에 대한 얘기였는데, 그 기사에 내 얘기가 있었어."

잡지에 나는 A양이었다. 사업 실패로 우울증을 앓던 B씨가 딸과 동반자살을 시도했는데, A양은 살아서 이웃 주민한테 도움을 요청했다는 기사에는 웃가지며 스케치북이 어지럽게 널려 있는 어두컴컴한 거실을 찍은 흑백사진이 실려 있었다. 나는 그 사진에는 보이지 않는 것들을 알고 있었다. 거실 바닥에 놓여 있는 스케치북 표지에는 바나나를 먹는 코코가 그려져 있고, 소파 등받이에 걸쳐져 있는 파란색 줄무늬 셔츠는 유치원복이라는 것을. 그 사진 속 집은 바로 그 여름 우리 집이었다. 오랜 시간이 지났어도 세상은 그 여름을 기억하고 있었다. 내 자국은 선명하게 세상에 남아 있었다. 그 뒤로 나는 예전 잡지를 구해서 봤다. 나도 모르게 세상이 내 아픈 자국을 들춰 보고 있을까 봐 두려웠다.

"그걸 보고 무서웠어. 세상이 모두 나를 아는 것 같아서. 그리고 삼촌도 이모도 나 때문에 집에서 멀어졌겠구나 싶었어. 나 때문에 세상 사람들에게 손가락질을 받겠구나."

"희야, 아냐. 진짜 아냐."

이모가 몸을 일으켜 앉아서 나를 내려다봤다.

"엄마도 나도 그리고 오빠도 우리는 너만 걱정했어. 세상 사람들의 말 따위는 무섭지 않았어. 너만 잘 자라길 바랐어. 나는 네가 엄마 옆에 있어서 믿고 속초로 간 거야. 엄마는 너로 충분했으니까. 오빠는 너한테 상처 줄까 봐, 애들 데려오면 혼자 있는 네가 마음 쓰여 안 데려온 거야. 홍콩이야일 때문에 간 거고. 희야!"

"응."

이모는 한참 동안 말없이 내 머리를 쓰다듬었다. 나는 할머니와 닮은 이모의 눈주름을 봤다.

"희야, 고마워. 우리한테 와 줘서, 이렇게 잘 커 줘서 정말 고마워. 그리고 미안해. 네 엄마 대신 우리가 사과해야 했는데, 미안해."

이모의 눈시울이 붉어졌다. 내 눈자위도 뜨거워지는가 싶더니 뜨거운 눈물이 볼을 타고 흘러내려 베개를 적셨다. 눈물이, 내 눈물이, 내 슬픔이, 내 서러움이 흘러내렸다.

인간이 눈물을 흘리는 것은 호르몬 때문이다. 인간은 슬픔, 분노와 같은 감정 변화가 생기면 호르몬을 과다 분비하게 된다. 필요 이상으로 나온 호르몬이 인체에 쌓이면 독이된다. 눈물은 독을 밖으로 배출하는 역할을 한다.

할머니는 잡지를 읽는 나를 빤히 보다가 말했다.

"눈물이 좋은 거네. 우리 문희가 할머니 눈물이었네."

할머니는 분명히 그렇게 말했는데, 나는 내가 할머니의 슬픔이라고만 생각했다. 나는 할머니의 눈물이었다. 할머니의 슬픔을 씻어 내는 눈물이었다. 할머니, 정말 그랬나요?

이튿날, 눈이 퉁퉁 부어서 잘 떠지지 않았다. 나는 부은 눈을 비비면서 맨 먼저 휴대폰 문자를 확인했다. 윤지윤이 보낸 문자가 열 개도 넘었다. 잘 잤냐, 날씨가 춥다, 학원 버스가 늦게 와서 얼어 죽을 뻔했다, 라면 먹고 싶다……. 윤지윤 목소리가 들리는 것 같았다. 오사강이 보낸 문자는 짧았다. 밥 꼭 챙겨 먹어라. 나는 망설이다가 둘에게 한꺼번에 답을 보냈다. 고마워. 세 글자에 담긴 내 진심의 질량을 둘은 알 것 같았다. 그래서 또 눈물이 났다.

하루 종일 눈물을 질금거렸다. 이모와 마주 앉아 밥을 먹다가도, 설거지를 하다가도, 마당 긴 의자에 앉아 커피를 마시는 이모 등을 보고도 눈물이 핑 돌았다.

"희야, 우리 어디라도 다녀올까? 제주도 갔다 올래? 요새 비행기 삯도 싸더라."

이모는 내가 슬쩍슬쩍 손등으로 눈물을 훔치는 걸 알고 있었다. 나는 고개를 내저었다.

"이모, 할 일이 있어. 이진형 가족을 만나야 해."

"그래. 너하고 네 친구들이 정말 대단한 일을 했어. 가족 연락처는 아니?"

"아니. 이진형 휴대폰은 안 되고, 집은 어딘지 몰라. 찾아야지."

이모는 커피 잔을 내려놓으면서 말간 하늘을 올려다봤다. 어제 온종일 눈을 뿌린 하늘은 잿빛을 말끔하게 걷어 내 눈이 시리도록 새파랬다.

"그 가족들 정말 힘들겠네. 그래도 살아야 하고, 그래도 해가 뜨고 시간이 흐르고. 사는 건 참 쓸쓸해."

"응. 쓸쓸해."

이모가 나를 돌아보면서 쓸쓸하게 웃었다.

"희야, 네 친구들 집에 한번 데리고 와. 밥 한 끼 같이 먹자."

"응."

그들이라면 내 삶 깊숙이 들어온다고 해도 괜찮을 것 같았다. 그들이라면. 그들과 함께라면 무엇이든 할 수 있을 것 같았다.

정말 무엇이든, 나는 해야 했다. 오후에 집을 나와 구시장
으로 갔다. 눈이 녹아서 잘팍거리는 시장 큰길에는 차만 다
닐 뿐 사람은 보이지 않았다. 할머니가 다니던 서우정육점
은 문이 꼭 닫혀 있었고, 흐느적거리던 입간판도 세워 놓지
않았다. 나는 서우정육점 앞을 지나다 가게 안에 있는 아저
씨와 눈이 마주쳐 고개 숙여 인사했다. 시장 사람들은 할머
니를 알았고, 나를 알았다. 할머니는 시장에 갈 적에 나를
데리고 다니면서 만나는 사람마다 손녀라고 일러 줬다. 할머
니는 나를 부끄러워한 적이 없었다.

나는 고개를 바짝 들고 시장 골목을 통과해 원조왕족발
에 갔다. 가게 앞 가마솥에서는 김이 피어오르고, 일하는 아
주머니가 유리창 앞 조리대에 바짝 붙어 서서 족발을 썰고
있었다. 나는 성큼성큼 걸어가 문을 열었다. 문을 열어젖히
는 순간 족발 냄새와 칼을 든 아주머니와 계산대 앞에 서서
휴대폰을 들여다보던 사장의 시선이 달려들었다. 나는 계산
대 앞으로 다가가 고개를 숙여 인사했다. 사장의 눈빛은 날
선 칼보다 차가웠다. 사장은 휴대폰을 주머니에 집어넣었다.

"뭐냐?"

"부탁드리려고 왔어요."

"뭘?"

"이진형 주소 좀 알려 주세요. 알바할 때 주소하고 전화번호 여기에 남겨 놓았을 것 같아서요."

"뭐?"

"이진형이 여기로 이사 온 지 얼마 되지 않아서 아는 사람이 없어요. 이진형 가족을 만날 수가 없어요."

사장 얼굴이 일그러졌다. 족발을 썰던 아주머니는 칼질을 멈추고는 나를 물끄러미 봤다. 사장은 가게 안쪽 테이블에 앉아 있는 손님들을 힐긋 보고는 낮은 목소리로 말했다.

"너 참 뻔뻔하구나. 나한테 그걸 알려 달라고 하는 거냐?"

"그날 사고는 사장님하고 상관없다고 하셨으니까요. 어제 그러셨잖아요."

"너!"

사장은 눈을 부라리면서 뭐라 하려다가 손님이 된장을 더 달라고 하는 바람에 입을 다물었다. 사장은 계산대에서 비껴 나오면서 어깨로 나를 휙 밀치고는 주방으로 들어갔다. 나는 비틀거리지 않으려고 다리에 힘을 줬다. 그리고 다시 꼿꼿하게 서서 사장을 눈으로 쫓았다. 사장은 손님 테이블에 된장을 갖다주고는 도로 주방으로 들어갔다. 족발을 썰던 아주머니는 나와 눈이 마주치자 고개를 살짝 내저으면서 입을 뻥긋거렸다. 그냥 가. 나는 아주머니에게 고개를 숙여 인사했다. 그냥 갈 수 없었다. 나는 계산대 앞에 딱 붙어서서 꼼짝도 하지 않았다. 사장은 한참 있다가 주방에서 나왔다. 사장은 빠르게 계산대로 걸어와서는 계산대 아래 서랍에서 흰 봉투 하나를 꺼내 소리 나게 올려놓았다. 그러고는 앞치마를 풀어 계산대 앞 의자에 휙 걸쳐 놓고는 가게 문을 열어젖히면서 소리쳤다.

"아줌마, 나 나갔다 와."

사장이 나간 뒤 나는 계산대 위에 올려놓은 봉투를 집어들고는 나한테서 눈을 떼지 못하는 아주머니에게 인사를 하고 나왔다.

건너편 가게 지붕에 녹지 않은 눈이 하얗게 빛났다. 나는 봉투를 손에 꼭 쥔 채 육교로 갔다. 눈이 희끗희끗 남아 있는 침목 위로 레일은 짱짱하게 뻗대고 있었다. 나는 선로를 내려다보다가 심호흡을 하고는 흰 봉투에서 종이를 꺼냈다. 네 귀를 맞춰 반듯하게 접은 종이는 이진형의 이력서였다. 볼펜으로 꾹꾹 눌러쓴 열일곱 살의 이력은 고작 네 줄이었다. 초등학교, 중학교, 고등학교 이름을 적은 이진형은 마지막 줄에 정보처리기능사 자격증 취득을 적었다. 족발 가게에서 아무 쓸모도 없는 자격증을 적은 이진형의 간절함이 마음 시렸다.

나는 내 친구들에게 문자를 보냈다.

이진형 집 주소 알아냈어.

수 세 미

이진형 집을 찾아간 날은 몹시 추웠다. 3단지 뒤에 있는 블루빌라 B동에 이진형 집이 있었다. 우리 넷은 그 앞에서 한참 동안 망설였다. 목발을 짚고 오지 않은 오사강은 깁스한 다리를 보면서 중얼거렸다.

"이러고 들어가면 좀 그럴까?"

윤지윤은 목을 잔뜩 움츠린 채 빌라로 들어가는 입구를 보면서 속삭였다.

"아무도 없을 수도 있잖아."

"나는 그냥 밖에 있으면 안 될까?"

김태주가 땅바닥을 보면서 힘없이 말하자 오사강이 단호하게 안 된다고 했다.

"네가 있어야지. 이진형하고 같이 알바한 친구라고 해야 할 거 아냐."

"그렇긴 한데……."

김태주가 말을 흐리면서 쓰고 있던 비니를 벗어 주머니에 넣었다.

"들어가자."

오사강이 계단참에 발을 올리면서 말했다. 나는 얼른 오사강 팔을 잡았다. 오사강은 내게 기대 계단을 올랐다.

"무늬야, 네가 족발 가게에 가서 물어볼 줄은 몰랐어. 나는 생각도 못 했어. 그 사장 다시 본다고 생각만 해도 겁나더라."

"그냥 나도 뭔가 해야 할 것 같아서."

"너 이제 겁낼 거 없어. 너를 믿어."

오사강은 내가 '기억'이 무섭다고 한 말을 기억하고 있었다. 나는 말없이 고개를 끄덕였다. 오사강이 내 팔을 힘줘 잡았다.

우리 넷은 이진형 집 문 앞에서 서로 얼굴만 보면서 선뜻 초인종을 누르지 못했다. 모두 얼굴이 상기되어 있었다. 윤지윤은 오사강과 내 손을 꼭 잡았다. 내가 초인종을 눌렀다.

잠시 뒤 현관문이 열리면서 긴 머리를 뒤로 묶은 여자가 허리 굽혀 인사하는 우리를 놀란 눈으로 봤다. 김태주가 머뭇대면서 말했다.

"저, 진형이하고 같이 알바했는데요. 저희가 드릴 말씀이 있어서요."

김태주 목소리가 가늘게 떨렸다. 여자는 집 안쪽을 돌아보고는 작은 목소리로 말했다.

"할머니가 계세요. 조용히 들어오세요."

여자는 우리를 현관문 바로 옆에 있는 방으로 안내했다. 그 방의 주인은 단정하고 말끔했다. 문에 매달려 있는 옷걸이에 걸린 모자와 후드티셔츠는 가지런했고, 창문 아래 책장에 꽂힌 책은 책등이 균일하게 맞춰져 있었다. 책상 위 컴퓨터 모니터에는 영어 인터넷 강의 시간이 적힌 노란 포스트잇이 붙어 있었다. 책상 아래에 놓인 가방은 책이 들어 있는지 불룩했다. 그 가방 옆에는 잿빛 고양이가 웅크리고 앉아 이방인들을 뚫어져라 보고 있었다. 책상 위 액자에는 중학교 교복을 입은 사내애 넷이서 활짝 웃고 있었다.

여자는 우리한테 앉아 있으라고 하고는 방에서 나갔다. 우리는 쭈뼛거리다가 가만히 쪼그리고 앉았다. 잠시 뒤에 방으로 들어온 여자는 자신이 이진형 누나라고 했다.

"할머니는 아직 모르세요. 진형이가 해외 연수 간 줄 아세요. 진형이가 고등학교 졸업하면 프랑스로 공부하러 간다고 하도 말해서 그 말을 믿으세요. 진형이 사고 났을 때 지방에 있는 동생네 계셨거든요."

이진형 누나가 작은 목소리로 말했다.

"누가 왔냐고 하셔서 진형이 친구들이라고 했어요. 할머니가 귀가 좀 어두우셔서. 다행이지요."

이진형 누나가 쓸쓸하게 웃었다. 우리는 어떻게 말을 시작해야 할지 몰라서 머뭇댔다. 꼭 닫힌 문 쪽에 바짝 붙어 앉은 김태주는 내내 천장을 올려다보고 있었고, 오사강은 방바닥만 내려다봤고, 내 옆에 앉은 윤지윤은 고양이를 보면서 방바닥을 손가락으로 살짝 두드렸다. 나는 책장에 꽂혀 있는 책을 봤다. 보이는 세계는 진짜일까? 나는 책 제목을 속으로 중얼거렸다. 이건 진짜일까. 정말 한 아이는 영원히 이 방을 떠난 것일까? 나는 조심스럽게 입을 뗐다.

"보여 드릴 게 있어서 찾아왔어요."

이진형 누나가 나를 빤히 봤다. 아무 기대도 없는 아무 감정도 없는 눈빛이었다. 나는 그 쓸쓸한 눈빛 앞에 노트북을 꺼내 놓았다. 그리고 이진형의 이력서도 내놓았다. 누나는 이진형 이력서를 꺼내 보고는 아무 말도 하지 않았다. 나는 노트북을 열어 이진형이 오토바이 타고 달리는 모습이 담긴 영상 파일을 클릭했다. 누나는 모니터를 보면서 중얼거렸다.

"우리 진형이네."

우리 진형이네, 그 말의 슬픔을 도무지 참기 어려워서 눈물이 핑 돌았다. 나는 눈물을 떨어뜨리지 않으려고 눈을 크게 뜨고 천천히 말했다.

"그날 배달을 한 거였어요. 오토바이를 훔친 게 아니라, 일을 하다 사고가 난 거예요."

"알아요."

모니터를 들여다보고 있는 누나가 나직하게 말했다. 오사강이 누나를 보면서 조심스럽게 물었다.

"어떻게요?"

"우리는 처음부터 그런 줄 알았어요. 한번도 진형이를 의심하지 않았어요. 우리 진형이가 남의 것을 함부로 탈 애가 아니거든요."

이진형 누나는 영상에서 눈을 떼지 않은 채 말했다. 이진형 누나는 영상을 보는 내내 주먹을 꽉 쥐고 있었다. 주먹이 움켜쥐고 있는 것은 눈물이었다. 누나는 동생이 피자집 앞을 지나쳐 순식간에 사라지는 영상을 보고는 끝내 울음을 터뜨리면서 손으로 입을 막았다. 윤지윤도 소리 없이 어깨를 들썩이면서 울었다. 김태주와 오사강은 고개를 아래로 떨궜다. 나는 볼에 흘러내리는 눈물을 얼른 손등으로 닦아 내면서 이진형 누나의 가느다란 손목에 있는 노란 실팔찌를 봤다. 남매의 노란 실팔찌는 몇 년 전 끔찍했던 참사를 추모하기 위해 낀 건지도 모른다. 살아남은 이들의 삶은 무던히 이어지고, 슬픔과 절망도 끝이 없는 이 행성에서 추모는 죽음이 아니라 삶을 향한 것이다. 살아남은 사람은 눈물을 닦고 다시 살아야 한다.

울음을 그친 이진형 누나는 차분하게 말했다.

"그날, 전철역으로 나를 데리러 온다고 했어요. 배달한다고 하면 내가 걱정할 테니까 말 못 했을 거예요. 우리 가족은 우리 진형이를 믿었어요. 세상 사람들은 믿지 못하겠지만……."

이진형 누나는 떨리는 목소리로 말하면서 다시 주먹을 꼭 쥐었다. 이진형을 믿지 않은 세상을 향한 분노를 눈물로 쏟아 내지 않으려는 것처럼 보였다.

"고마워요. 고맙습니다. 우리 진형이를 믿어 줘서. 정말 고맙습니다."

이진형 누나는 고개를 깊숙이 숙였다. 훌쩍이던 윤지윤이 고개를 내저으면서 울먹이며 말했다.

"아니에요. 제가 그날 사고 현장에 있었는데, 휴대폰 배터리가 없어서 구급차를 늦게 불렀어요. 정말 죄송해요. 그날 조금만 빨랐어도……."

윤지윤은 말을 맺지 못했다. 이진형 누나는 윤지윤을 한참 동안 바라보았다.

"학생이었구나. 구급대원이 그러더라고요. 신고한 학생이 우리 진형이 옆에 있어 줬다고요. 우리 진형이 외롭게 떠나지 않았겠구나, 우리 가족이 그랬어요. 고마운 사람이 옆에 있어 줬구나. 정말 꼭 만나고 싶었는데, 우리 가족이 경황이 없어서 찾지 못했어요. 정말 고마워요."

이진형 누나 눈에서 다시 눈물이 흘러내렸다.

"하늘에 있는 진형이도 고마워할 거예요. 친구들이 자신을 위해 이렇게 나서 준 걸 보면서 우리 진형이 웃으며 떠났을 거예요."

이진형 누나는 눈물을 손바닥으로 얼른 닦아 내고 입을 다문 채 웃었다. 책상 아래 웅크리고 있던 고양이가 나와 이진형 누나 무릎에 앉았다. 누나는 고양이 털을 쓸어내렸다.

"애 진형이가 데려와 키웠어요. 진형이가 떠난 뒤로 하루 종일 진형이 책상 아래 있어요. 진형이 있을 때는 내 방에만 있었는데, 애가 아나 봐요."

고양이는 우리가 이진형 방을 나설 때 따라 나왔다. 이진형 누나는 할머니가 계신 안방에 가서 문을 열고 말했다.

"진형이 친구들 간대요."

안방에서는 TV 소리가 들렸다. 우리는 우리 다리를 쓸고 다니는 고양이를 내려다봤다. 이진형 누나가 안방으로 들어갔다가 뭔가 들고나왔다.

"할머니가 이거 가져가라고. 치매 예방한다고 밤마다 이걸 뜨세요. 우리 진형이 친구들한테 뭐 줄 게 없다면서……."

이진형 누나가 내민 건 수세미였다. 오사강이 안방 쪽을 향해 고개를 숙이면서 큰 소리로 말했다.

"할머니, 안녕히 계세요."

나는 이진형 집을 나오면서 손에 든 수세미를 주머니에 집어넣었다. 까슬까슬한 수세미 촉감이 슬펐다. 우리는 입을 꾹 다문 채 어둑어둑한 골목을 걸었다. 어느 집에서인가 삼겹살 굽는 냄새가 났다. 윤지윤이 걸음을 멈추더니 울먹이면서 말했다.

"그날, 이진형이 뭐라고 하던 말이 누나였던 것 같아. 누나
가 기다린다고 하려고 했나 봐. 정말 너무 가슴이 아파."

나는 윤지윤 팔을 가만히 잡았다. 오사강은 코를 훌쩍이
면서 하늘을 올려다봤다. 내내 아무 말도 하지 않았던 김태
주는 발끝으로 땅을 툭툭 쳤다. 우리는 모두 울음을 참고
있었다. 우리가 한 일은 동생을 잃은, 가족을 잃은 이들과
함께 울어 주는 거였는지 모른다.

그날 밤, 우리 넷은 눈물 자국을 멋쩍어하면서 수세미를
손에 꼭 쥔 채 뿔뿔이 흩어졌다.

바 이 킹

    우리 넷은 아무 일도 없었다는 듯이 자기 자리로 돌아갔다. 오사강은 깁스를 푼 날부터 훈련을 시작했고, 김태주는 고깃집 숯 피우는 일을 그만두고 편의점에서 아르바이트를 했다. 넷의 단톡방을 만들고 조잘거리며 수시로 들락거리는 윤지윤은 학교로 학원으로 꼼짝없이 붙들려 다녔다. 윤지윤이 학원에서 졸다 떨어뜨려 찌그러진 텀블러 사진을 올리자 오사강은 두 조각 난 널빤지를 올리고는 말했다. 좋은 말로 할 때 잠 깨라.

    모두 바쁘게 시간을 보냈지만, 내 시간은 지금껏 그래 온 것처럼 느리게 흘렀다. 이모와 나는 느릿느릿 할머니를 떠나보냈다. 하루는 장롱 맨 아래 서랍에 차곡차곡 모아 놓은 수건을 할머니가 자주 가는 시장 골목 가게에 나눠 줬고, 하루는 할머니 옷을 정리해 말짱한 것만 추려 옷을 기부받는 단체에 부쳤다. 그 단체는 헌 옷을 해외에 보낸다고 했다. 이모는 할머니가 타 보지 못한 비행기를 할머니 옷들은 타 보겠다며 웃었다.

"이왕이면 따뜻한 남쪽 나라로 가면 좋겠네."

이모 말에 나는 가만히 말했다.

"이모 거기 보낸 거 대부분 겨울옷이야. 이모가 첫 월급 타서 할머니 사 드렸다는 모피 조끼도 넣었잖아."

화장대를 정리하던 이모는 멈칫했다.

"모피는 뺄 걸 그랬나."

우리는 자꾸 실없는 소리를 하면서 할머니 흔적을 지워나갔다. 화장품은 몇 개 없고, 식당 할 때 쓴 장부 여러 권하고 가계부가 들어 있는 화장대 서랍장에는 앨범이 있었다. 이모는 금박 띠가 군데군데 벗겨진 앨범 표지를 손바닥으로 쓱 쓸어내렸다.

"이게 여기 있었네. 잊고 있었는데……. 내가 정리했는데. 엄마가 네 돌 사진 넣게 앨범 하나 사 오라고 했거든. 나는 앨범을 뭐 이렇게 고풍스러운 걸 골랐대냐."

앨범 맨 앞장에는 색동 한복을 입고 눈을 동그랗게 뜬 내가 있었다. 그 뒷장에는 잔디밭에 짧은 치마에 하얀 스타킹을 신은 여자아이 둘과 교복을 입은 남자아이가 앉아 있고, 젊은 할머니 할아버지는 아이들 뒤에 어색하게 서 있는 사진이 있었다. 이모는 사진을 오래 봤다.

"이게 다섯이 찍은 유일한 사진이야. 여기 국립묘지야. 왜 예전에는 서울 구경 간다면서 국립묘지에 갔나 몰라. 그래도 이때는 아버지가 봄가을로 가족들을 데리고 놀러 갔어. 우리 아버지 신도시 개발되고 남한테 빌려서 농사짓던 땅 내놓으면서 영 다른 사람이 됐어. 일도 안 하고 술만 마시고. 우리 엄마 고생 참 많이 했어. 이 집도 엄마가 벌어서 샀잖아. 우리 엄마 하루도 못 쉬고 일했어."

바빴던 할머니는 자식들 졸업식이나 입학식 사진에만 등장했다. 앨범에는 엄마 독사진이 남아 있었다. 사진 속 엄마는 나보다 한참 어렸다. 마당 긴 의자에 앉아 카메라를 응시하는 열두 살의 엄마는 햇빛 때문인지 얼굴을 찌푸리고 있었다. 어깨가 잔뜩 부풀어 있는 점퍼를 입고 엉성한 꽃다발을 든 사진은 초등학교 졸업식 때 찍은 거라고 했다. 성당 앞에서 하얀 드레스를 입고 미사포를 쓴 어린 엄마는 활짝 웃고 있었다.

"언니는 엄마하고 성당에 다녔어. 대학교 들어가면서부터 안 나갔지. 세례명이 안젤라였어. 집에서는 다 안젤라라고 불렀어. 엄마는 스텔라. 그러고 보니 둘이 '라' 돌림이네."

이모는 앨범에서 안젤라를 뽑아서 내게 줬다. 자신이 안젤라였다는 것도 잊었을 엄마는 자신이 갖고 있던 사진을 모두 없애서 남은 사진이라곤 할머니 앨범 속 사진 석 장이 다였다. 불행했던 엄마는 다행히 이 행성에 안젤라로 남게 되었다.

나는 안젤라를 내 책상 서랍 속에 넣어 놓았다. 언젠가는 안젤라의 이야기를 들을 수 있을 만큼 내가 단단해질지도 모른다. 그때가 되면 안젤라를 이해하게 될까?

이모는 그날 저녁 마당 긴 의자에 앉아 커피를 마시면서 말했다.

"엄마 수목장 말이야, 언니 옆에 모시려고. 우리 엄마 딸 옆자리를 사 뒀더라. 노인네 용의주도하다니까. 언니 향나무가 꽤 자랐어. 우리 엄마 딸 옆에 있고 싶을 거야. 사십구재 때 엄마 거기로 모시자. 거기가 온종일 볕이 들어서 참 좋아."

나는 고개를 끄덕였다. 나는 할머니하고 이모가 엄마 기일에 어디에 가는지 알고 있었다. 나는 고등학교 입학하고 혼자 그곳에 찾아갔다. 봄날 나는 내 키보다 큰 향나무 아래 한참 동안 앉아 있었다.

"삼촌한테는 말했어?"

"응. 오빠는 짐작하고 있었대. 아, 오빠가 사십구재 끝나고 엄마 산재 알아보겠다고 하더라. 업무 중에 쓰러졌으니 산재 신청이 가능할지 모른다고. 보상금이 문제가 아니라 열심히 일하신 분에 대한 예의라고 하더라. 내가 할 생각이었는데, 오빠가 하겠다네. 오빠가 말이 없어서 그렇지 정이 많은 사람이야. 어릴 적에 오빠가 언니도 참 예뻐했는데. 오빠 한국 올 적마다 동생 보러 갔어. 아버지 산소는 생전 안 가면서……."

이모는 하늘을 올려다보면서 중얼거렸다.

"스텔라는 별이잖아."

우리 눈으로 볼 수 있는 것은 지구와 같은 행성이 아니라 대개 별이라고 부르는 항성이다. 별은 스스로 불을 내뿜다가 소멸한다. 할머니는 이 행성에서 힘껏 불을 내뿜다 소멸했다.

엄마도 그랬을 것이다.

그리고 이진형도.

까만 밤하늘 아래 사내아이가 오토바이를 타고 달리는 그림이 단톡방에 올라온 건 할머니 사십구재를 이틀 앞둔 새벽이었다. 사진을 올린 사람은 김태주였다. 김태주는 사진을 올려놓고는 아무 말이 없었다. 오사강이 새벽부터 뭐냐고 묻자 김태주는 래커 스프레이를 든 손 사진을 올렸다. 손에는 파란 페인트가 묻어 있었다. 윤지윤은 너 그라피티 하느냐, 이진형 추모 그림이냐 물으면서 어디냐고 호들갑을 떨었다. 곧 김태주는 시멘트 기둥이 여러 개 서 있는 곳을 찍어 올리고는 자기 비밀 아지트라고 썼다. 김태주의 비밀 아지트는 김태주만의 아지트도, 비밀도 아니었다. 윤지윤은 성난 이모티콘을 올렸다.

말도 안 돼! 거기 내 아지트야! 너 거기 꼼짝 말고 있어.

윤지윤이 허둥지둥 자신의 아지트를 지키려고 집에서 튀어나올 때, 오사강도 부리나케 나온 게 분명했다. 나처럼. 우리 셋은 엇비슷하게 김태주와 윤지윤의 아지트가 감춰져 있는 지상에 도착했다. 고가도로에 딱 붙어 있는 전철역은 벌써 환하게 불을 밝히고 있었다. 오사강은 택시에서 내리면서 먼저 도착한 우리를 보고는 한숨을 내쉬었다.

"너네들 다 미쳤어. 지금 몇 시인 줄 알아? 6시 반이야. 다들 잠 안 자고 뭐하는 거냐고. 봐! 해도 안 떴어."

오사강은 어둑어둑한 하늘을 손가락으로 가리켰다. 어둠이 세상 밖으로 서서히 밀려 나가는 시간에 도시는 검푸른 빛이었다. 고가 아래 검푸른 물이 들어와 넘실거릴 것 같은 들판에 서 있는 타워크레인은 빨간 불빛을 빤짝대면서 자신의 존재를 알렸다. 타워크레인의 불빛이 밤새 점멸하는 동안 도시의 깊숙한 곳에서 김태주는 래커 스프레이로 이 도시에 분명하게 존재했던 이를 구현해 냈다.

벽에는 까만 밤의 도시가 그려져 있었다. 그 도시를 달리는 오토바이에 탄 사내아이는 한 팔을 번쩍 들고 있었다. 그 팔에 찬 노란 팔찌에서는 반짝이는 빛이 포물선을 그리며 흩어졌다. 마치 노란 팔찌에서 빛이 나오는 것처럼. 오토바이 뒤로는 빌딩마다 불이 환하게 켜져 있고, 오토바이가 닿지 않는 곳은 어둠이었다.

도시에 불을 밝히는 아이, 내가 중얼거리자 김태주가 고개를 끄덕였다.

"맞아. 그런 뜻으로 그린 거야."

자신의 아지트를 강탈하려는 김태주와 담판을 지을 기세였던 윤지윤은 묵묵히 벽을 뚫어져라 보다가 끄트머리에 그려져 있는 뒤집어진 노란 왕관을 손가락으로 가리켰다.

"김태주, 여기에 계속 그라피티한 게 너지? 저 왕관, 네 사인인 거네. 내가 처음 왔을 때부터 저 왕관이 그려져 있었는데……. 어쨌든 여태 한 것 중에는 제일 좋아. 진심!"

"아냐. 글씨만 해 봐서 그림은 형편없어."

김태주가 머리를 긁적였다. 오사강이 김태주 어깨를 툭 쳤다.

"너 래커 스프레이 사려고 알바한다더니, 그럴 만하네. 아주 훌륭해. 어떻게 이걸 혼자 다 그렸냐?"

"진형이네 집에 다녀온 날부터 스케치했어. 진형이 가족한테 내가 알바를 안 가서 진형이가 그렇게 되었다고 사과하고 싶었는데, 말이 나오지 않는 거야. 너무 죄송해서 말을 할 수가 없었어."

"그 마음 나도 알아. 그런데 네 잘못이 아니야."

윤지윤이 김태주를 안쓰럽게 바라봤다.

"아니, 내가 그날 알바만 갔어도. 그 생각을 멈출 수가 없었어. 사실 그날, 아는 형이 서울 토끼굴에서 그라피티 작업한다는 정보를 듣고 급하게 갔거든. 배우려고. 다른 날 갔어도, 아니 알바 못 간다고 미리 말만 했어도……."

김태주가 말을 끊고 바닥에 쪼그리고 앉아 바닥에 흩어져 있는 래커 스프레이를 주섬주섬 챙겨 가방에 넣었다.

"가야 돼. 환해지면 역무원들한테 들킬 수 있어."

"갑자기?"

윤지윤이 오사강과 나를 보면서 어깨를 으쓱했다. 나는 발밑에 있는 래커 하나를 집어 김태주 가방에 넣었다. 윤지윤은 휴대폰으로 급하게 사진을 찍으면서 말했다.

"이거 SNS에 올려도 돼? 우리끼리만 보기에는 너무 아까워. 그리고 어차피 이진형을 추모하는 그림이라면 많은 사람이 보는 게 좋지 않아?"

"아냐. 이건 그냥 내가 이진형한테 하는 사과야."

"사과할 사람은 따로 있어!"

나도 모르게 말이 튀어나왔다. 그것도 아주 큰 목소리로. 셋이 놀란 눈으로 나를 봤다.

"잘못한 사람은 따로 있잖아. 네가 잘못하지 않은 것까지 젊어지려고 하지 마. 너는 그러지 마."

내 목소리가 시멘트 기둥을 타고 윙윙 도는 것 같았다.

"무늬 말이 맞아. 네 탓이 아니야."

오사강이 김태주 등을 두드렸다. 김태주는 말없이 가방을 챙겨 들었다. 그때 위에서 남자 목소리가 들렸다.

"야, 거기 너네들 뭐야?"

우리는 놀라 위를 쳐다봤다. 남자가 위층 난간에서 몸을 길게 빼고 우리를 내려다보면서 소리쳤다.

"야, 너네 거기 꼼짝 말고 있어!"

"튀어!"

김태주가 가방을 어깨에 걸머메면서 내 팔을 잡아끌었다. 윤지윤은 오사강의 팔을 잡고 뛰었다.

"주차장 쪽으로!"

김태주가 소리치면서 주차장 쪽으로 내달렸다. 우리가 주차장 철망을 넘는데, 남자가 나선형 계단을 요란하게 뛰어내려오면서 고래고래 소리쳤다.

"야! 너네들!"

김태주는 철망을 넘고 어쩔 줄 몰라 하는 우리 등을 떠밀었다.

"역으로! 역으로!"

우리는 주차장 쪽으로 나 있는 전철역 입구로 들어가 계단을 뛰어올랐다. 우리를 쫓는 남자는 내려가 있는데, 우리는 남자가 서 있던 자리로 올라가는 셈이었다. 김태주는 전철역 대합실로 들어가면서 낮게 말했다.

"전철을 타는 게 가장 안전해."

김태주는 태연하게 휴대폰을 개찰구에 갖다 댔다. 우리는 말없이 김태주를 따라 했다. 김태주는 빠르게 걸으면서 말했다.

"서울로 가는 게 들어오네. 저거 타자! 뛰어!"

우리는 김태주를 따라 뛰면서 자꾸 뒤를 돌아봤다. 당장이라도 낯선 남자가 우리 뒷덜미를 잡을 것 같아서 조바심이 났다. 우리는 쫓기듯 전철에 올라타서 문이 닫히고서야 숨을 돌렸다. 토요일 이른 아침이라 그런지 전철 안은 한가했다. 드문드문 빈자리가 보였고, 사람들은 모두 휴대폰을 들여다보고 있었다. 윤지윤은 반대쪽 차창으로 가더니 우리한테 빨리 와 보라고 손짓했다. 차창 밖, 윤지윤과 김태주의 아지트에는 남자 둘이 벽을 손가락질하면서 서 있었다.

"하마터면 붙잡힐 뻔했네. 그런데 우리 붙잡히면 어떻게 되는 거야?"

윤지윤이 김태주를 봤다. 김태주가 가방을 바닥에 내려놓
으면서 한숨을 내쉬었다.

"재물손괴! 게다가 공공시설에 그렸잖아."

"헐! 우리 잡혔으면 경찰서 가는 거였어? 오! 스릴 넘친다.
너무 재밌어."

윤지윤이 좋아하는 걸 보면서 오사강이 혀를 찼다.

"재밌기도 하겠다. 그나저나 우리 다음 정거장에서 내려
야지."

"아니!"

윤지윤이 머리를 절레절레 흔들었다.

"우리 서울 가자. 이게 어떻게 얻은 기회인데, 다시 집으로
기어들어 가. 들어가 봤자 욕이나 먹을 거 아냐. 놀러 가자.
놀이공원! 나 친구들하고 놀이공원에 가 본 적 없어. 이렇게
전철 타고 서울 가 본 적도 없고, 그러니까 가자."

윤지윤 목소리가 커지자 앉아 있는 몇몇 사람들이 얼굴
을 찌푸렸다. 윤지윤이 사람들 눈치를 보면서 목소리를 낮
춰 애원하듯 말했다.

"우리 놀이공원 가자. 가자, 응?"

"미쳐."

오사강이 피식 웃자, 윤지윤이 얼른 오사강 팔을 붙잡고 매달렸다. 오사강이 나와 김태주를 봤다. 나는 고개를 끄덕였고, 김태주는 무심하게 말했다.

"나는 알바 밤에 가니까."

윤지윤이 소리 안 나게 손뼉을 치며 좋아했다. 오사강이 한숨을 내쉬며 말했다.

"모여서 떠들면 민폐야. 빈자리에 앉아."

우리는 뿔뿔이 흩어져 빈자리를 찾아 앉았다. 차창 밖으로 보이는 하늘은 어둠이 걷히고 있었다. 하늘 끄트머리가 엷어지는가 싶더니 이내 옅은 분홍빛이 번졌다.

윤지윤은 단톡방에 자신이 찍은 벽 그림 사진을 올리면서 엄지손가락을 세운 이모티콘을 달았다. 그러고는 어느 놀이공원으로 갈지 물었다. 셋이 아무 대답이 없자 윤지윤이 작은 놀이공원 사진을 올렸다.

여기, 무늬가 말한 놀이공원 아냐? 폐장했는데, 사진은 찍을 수 있대. 우리 여기 갈래?

나는 놀이공원 사진을 한참 들여다봤다. 은수와 함께 가기로 했던 놀이공원은 오래전에 사라졌다. 그 자리에는 고층 아파트가 들어섰다. 하지만 윤지윤이 찾은 놀이공원은 정말 그곳과 비슷했다. 내가 좋다고 하자 오사강과 김태주도 좋다고 했다.

와! 여기 놀이기구를 팔기도 하나 봐. 우리 바이킹 사 오자.

윤지윤이 올린 사진 속 바이킹은 아주 작아서 어른 두 명이 앉으면 꽉 찰 것 같았다. 오사강은 뒤로 벌렁 넘어지는 이모티콘을 올렸다. 김태주는 말줄임표를 보냈다. 그러고는 물었다.

내 그림 SNS에 올려도 될까?

나는 건너편에 앉은 김태주를 봤다. 김태주는 휴대폰을 손에 든 채 고개를 숙이고 있었다. 김태주 말에 윤지윤은 곧바로 당연하다고 했고, 오사강은 잘 생각했다고 했다. 나는 고맙다고 했다. 김태주가 고개를 들었다. 김태주는 나와 눈이 마주치자 희미하게 웃었다. 나는 엄지손가락을 들어 보였다.

나는 내 SNS에 첫 글로 김태주 그림을 올렸다.

#행성 #소멸 #이 행성의 별 하나가 허무하게 사라졌다. 그 빛을 영원히 기억할 것이다.

나는 글을 쓰고는 SNS 계정 이름을 '무늬'라고 바꿔 적었다. 이제 나는 진희도, 문희도 아닌 무늬가 되었다. 어떤 무늬가 될지 나도 모른다. 그렇지만, 적어도 혼자 있는 무늬는 아니다. 나는 넷을 친구 신청해 놓고 단톡방에 말했다.

나, 너네들 SNS 친구 신청했어. 그런데 바이킹을 사 오면 어디에 놓지?

오사강이 눈물을 흘리는 이모티콘을 올렸다.

무늬야, 너까지 왜 그러냐. 너 친구 신청 안 받아 준다.

그러니까 내가 왜 이러는지 모르겠는데, 우리 넷이 바이킹을 들고 낑낑거리면서 빌딩 사이를 걸어가는 모습이 상상돼 웃음이 났다. 물색없이 자꾸 웃음이 났다.

탄원서

피탄원인	문희

탄원인

윤지윤

주민번호 : 040917 – 4******

주소 : 경기도 신양시 우석로3 우영아파트 308동 1502호

존경하는 검사님께

저는 명예훼손죄로 고소당한 문희의 친구입니다. 본래 탄원서는 억울한 사정을 하소연하며 도와달라는 것인데, 저는 도와달라는 것이 아니라 이 고소건의 불합리함을 말하고자 합니다. 그러므로 제 글은 탄원서가 아니라 진실 규명 촉구서입니다.

제 친구 문희는 고소인의 명예를 훼손한 적이 없으며, 그러한 목적을 가진 적이 단 한 번도 없습니다. 문희는 한 청소년의 억울한 누명을 벗겨 주기 위해 애썼고, 그 청소년의 죽음을 추모했을 뿐입니다. 문희가 SNS에 올린 그림은 한 청소년의 죽음의 배후에 누가 있는지 알리려는 것이 아니라, 느닷없이 세상을 떠

난 가여운 청소년을 기억하자는 뜻이었습니다. 저는 그림을 본 다음 날 그림이 그려진 곳에 국화를 가져갔습니다. 그런데 이미 국화가 한 송이 있었습니다. 그곳에 처음 국화를 갖다 놓은 사람은 문희였습니다. 문희는 일하다가 세상을 떠난 뒤 오토바이 도둑으로 몰린 타인을 돕기 위해 가장 먼저 나섰고, 그를 추모하는 데도 앞장섰습니다.

문희의 이타적인 행동이 죄가 될 줄은 짐작도 못 했습니다. 흔히 공감과 공존이 현대 사회가 지향하는 가치라고 합니다. 그렇지만 실제 우리 사회에서 공감은 감정 낭비이며, 공존은 생존을 위협한다고 여깁니다. 저는 어려서부터 경쟁에서 반드시 이겨야 한다고 배웠고, 그렇게 했습니다. 결국 이 고소건은 우리 사회가 공감과 공존을 부정한다는 것을 여실히 보여 주고 있습니다. 쓸쓸하지만 제가 부모로부터 배운 것이 맞았습니다. 제 앞만 보고 달려야 살아남을 수 있다는 말이 진리였습니다.

검사님,

현명하신 검사님께서는 저의 자조적인 결론이 틀렸다는 것을 증명하실 수 있습니다.

이 고소건은 한 시민의 잘못을 세상 사람들에게 알려 명예를 훼손시켰다는 사건에 포커스를 맞추면 안 됩니다. 이 고소건은 한 청소년이 부당한 노동을 강요받았으며, 그로 인해 죽음에 이르게 된 사건에서 비롯되었기 때문입니다.

고소인은 그 사건에서 가해자입니다. 책임을 회피한 뻔뻔한 고용주입니다. 과연 그에게 훼손될 명예가 있는지 묻고 싶습니다. 법이 지켜 줘야 할 그의 명예는 무엇인지 묻고 싶습니다. 만일 피고소인인 문희가 진실을 찾아내고, 죽음을 추모한 행동이 명예를 훼손했다면, 훼손될 명예가 있다는 것인데 재판부는 우선 고소인의 명예가 무엇인지 증명해야 합니다.

이 일로 도리어 피고소인의 사생활을 여과 없이 드러낸 건 고소인의 가족입니다. 저라면 그들을 절대로 용서하지 않았을 겁니다. 그렇지만 피고소인은 단 한 번도 원망하거나 비난하지 않았습니다.

검사님,

다시 한번 말씀드리자면 피고소인이 SNS에 올린 그림은 순전히 추모하는 마음으로 올린 것입니다. 만약에 피고소인에게 죄가 있다고 한다면, 그 그림을 공유하고 함께 추모한 모든 이에게도 죄가 있습니다. 그 안에는 저도 있습니다. 저는 SNS에 똑같이 그림을 올렸으며, 그림 속 인물이 어디에서 아르바이트를 했는지 알 수 있도록 글을 적었습니다. 그러므로 이 고소건은 처음부터 끝까지 불합리합니다. 고소인은 고소할 자격이 없으며, 피고소인은 문희 한 사람이 아니기 때문입니다.

검사님,

법은 과연 선량한 시민을 가려낼 수 있는 건가요? 법은 과연 진실을 가려낼 수 있는 건가요? 이 질문에 대한 답은 이 고소 건에 대한 판결로 증명될 거라고 생각합니다.

저는 제 친구 문희가 불합리한 법의 피해자가 되는 걸 결코 보고만 있지 않을 겁니다.

부디 올바른 판단을 내려 주시기 바랍니다.

20**년 *월 **일

탄원인 : 윤지윤

탄원서

피탄원인	문희

탄원인

김태주

주민번호 : 031207 - 3******

주소 : 경기도 신양시 우석로11 금성아파트 1102동 601호

존경하는 검사님께

저는 명예훼손죄로 고소당한 문희의 친구입니다. 저는 문희가
SNS에 올린 그라피티를 한 사람입니다.

저는 문희가 고소당했다는 말을 듣고 어처구니가 없었습니다.
제가 그린 그림이 고소인의 명예를 훼손했다면 저를 고소해야
하는데, 왜 문희를 고소했는지 도무지 이해할 수가 없었습니
다. 그건 빵을 훔친 사람은 따로 있는데, 훔치는 것을 본 사람
을 신고하는 것과 마찬가지입니다.

사실 제가 그린 그림은 고소인을 공격하려고 그린 게 아닙니다.
그 그림은 이진형을 추모하기 위해 그린 겁니다.

저는 이진형과 함께 아르바이트를 했습니다. 이진형은 식당 서빙으로 들어왔고, 저는 오토바이 배달을 했습니다. 일이 바쁘기도 했고, 이진형이 수줍음이 많아서 서로 얘기를 나눌 기회는 많지 않았습니다. 하지만 이진형은 정말 성실하게 일했습니다. 아르바이트를 하면서 그러기가 쉽지 않은데, 지각도 한번 하지 않았고 빠진 적도 없습니다.

이진형은 사장이 잔소리를 해도 투덜거린 적이 없습니다. 그래서 사장이 더 일을 막 시켰습니다. 제가 안 나간 날 배달을 시키기도 했습니다. 이진형은 면허증도 없는데, 정말 말도 안 되는 거지요.

사고가 난 날도 이진형은 오토바이 배달을 나갔다가 사고를 당해 세상을 떠났습니다.

그런데 사장은 이진형이 오토바이를 훔쳐 탔다고 하면서 오토바이 망가진 것에만 화를 냈습니다.

사장은 장례식장에도 가지 않았습니다. 저는 사장이 그런 거짓말을 할 줄은 몰랐습니다. 진실을 알고 나서 저는 오래 괴로웠습니다. 지금도 그 생각을 하면 마음이 아픕니다. 제가 개인적인 일로 아르바이트를 못 나가는 바람에 이진형이 배달을 하게 되었으니까요.

저는 이진형 가족에게 사과하고 싶었지만, 그러지 못했습니다. 부끄럽고, 두렵고, 죄송하고 오만 가지 생각이 다 들었습니다. 이진형 집에 간 날 이진형 중학교 때 사진을 보고 나니 아르바이트 끝나고 집에 갈 때면 고개 숙여 공손하게 인사하던 이진형의 모습이 생생하게 떠올랐습니다. 그래서 그림을 그리기로 마음먹었습니다.

이진형에게 사과하는 마음도 있지만, 사실 제 마음의 짐을 조금 벗고 싶었습니다. 저는 그라피티를 이진형 사십구재 전에 완성하려고 했습니다. 사십구재는 죽은 사람이 좋은 곳에서 태어나길 바라는 제사라고 들었습니다. 저는 이진형이 정말 좋은 곳에서 태어나길 바라는 마음을 담아 그림을 그렸습니다.

저는 고소인이 정말 싫지만, 그 사람을 공격하려고 그림을 그린 게 아닙니다. 오로지 이진형만 생각하면서 그렸습니다. 그리고 세상 사람들도 한때 함께 살았던 한 사람을 잊지 않길 바라는 마음으로 그 그림을 SNS에 올렸습니다.

제 그림을 보고 이진형 누나가 SNS에 댓글을 달았습니다. 정말 고맙다고, 이진형을 기억해 줘서 고맙다고 했습니다. 저는 그 댓글을 보고 정말 가슴이 아팠습니다.

물론 제 그림을 보고 못된 사장을 욕하는 사람도 많았습니다.

그렇지만 그건 제가 의도한 건 아닙니다. 제 친구 문희도 마찬가지입니다. 정말 문희는 아무 잘못이 없습니다.

전철역 벽에 그림을 그린 것도 저고, SNS에 그림을 올리자고 한 것도 접니다. (벽에 그린 그림은 이진형 사십구재 다음 날 역무원에게 제가 그렸다고 자수하고, 문희 외 2명과 함께 페인트를 칠해 원래 벽으로 복구했습니다.)

문희는 단지 억울하게 죽은 아르바이트생의 진실을 밝혔을 뿐입니다. 문희가 아니었다면 저는 이진형의 죽음을 잊고 살았을 겁니다. 진실을 알아서 괴롭기도 하지만, 이진형에게 진심으로 사과할 수 있었습니다. 저는 오래 이진형을 기억할 겁니다.

아무튼 문희가 잘못이 없다는 것을 꼭 밝혀 주시기 바랍니다. 현명하신 검사님께 진심으로 부탁드립니다.

정의는 살아 있다는 것을 보여 주십시오.

20**년 *월 **일

탄원인 : 김태주

탄원서

피탄원인	문희

탄원인

오사강

주민번호 : 030115 - 4******

주소 : 경기도 신양시 우석로7 금성아파트 709동 603호

검사님께

저는 SNS에 올린 그림 때문에 명예훼손으로 고소당한 문희의
친구입니다. 문희가 SNS에 그림을 올리던 날 함께 있었고, 저
는 가장 먼저 문희가 올린 글을 공유했습니다.

문희가 올린 글이 제가 사는 동네에 널리 알려진 건 저 때문입
니다. 제 동네 친구들과 선후배들이 문희가 올린 글을 퍼 날랐
고, 결국 고소인까지 그 사실을 알게 되었습니다.

저는 사실을 말한다고 하더라도 명예훼손으로 2년 이하의 징역
이나 500만 원 이하의 벌금을 내야 한다는 것을 뒤늦게 알았습
니다. 만일 그걸 미리 알았더라면 문희도 저도 조심했을지 모릅

니다.

그렇지만, 우리는 우리가 한 행동이 범죄가 될 거라고는 생각조차 하지 못했습니다.

문희가 올린 그림은 이진형이라는 학생의 죽음을 추모하기 위해 그려진 것입니다. 이진형은 제가 다니는 학교 후배이며, 한 동네에서 살았습니다. 물론 이진형이 사고로 죽고 나서야 알았습니다. 이진형의 죽음은 아르바이트를 하거나 해 본 아이들에게는 큰 충격을 줬습니다.

저는 아르바이트도 해 왔고, 아르바이트를 하는 친구들이 많습니다. 어른들은 아이들이 유흥비를 벌거나 재미로 아르바이트를 한다고 생각하지만, 저나 제 친구들은 나름대로 다 절박한 이유가 있습니다. 저처럼 직접 용돈을 벌어야 하는 친구도 있고, 가족들에게 경제적으로 도움을 주기 위해 1년 내내 일해야 하는 친구도 있습니다.

그런데도 아르바이트를 하는 아이들에게 어른들은 곱지 않은 시선을 보냅니다. 그리고 아이들 임금은 적게 주거나 떼먹기도 합니다. 요즘은 고용계약서도 쓰고, 최저임금도 지키는 데가 많지만, 여전히 청소년 노동을 가볍게 여깁니다.

이진형은 배달 일을 하지 않아야 하는데, 사장의 강요로 배달을 나갔습니다. 배달하는 친구들 말을 들어 보면 배달하다가 사고가 나도 사장이 오토바이 수리비를 물어내라고 하는 경우가 대부분이라고 했습니다. 배달의 위험을 온전히 아르바이트 생들이 떠안는 것입니다.

저는 위험한 일을 하는 노동자들에게는 위험수당이 있다고 알고 있습니다. 배달 아르바이트는 위험수당이 포함되어야 하는데, 그걸 지키는 경우는 거의 없습니다. 그러니까 서빙을 하는 이진형한테 아무렇지 않게 배달을 시킨 겁니다. 그것도 모자라 사고가 나자 사장은 책임을 회피하기 위해 오토바이를 훔쳐 탔다고 거짓말을 했습니다.

이진형의 죽음은 청소년 노동이 보호받기는커녕 도리어 싼값에 쓰고 버리는 일회용품처럼 여겨졌기 때문에 일어난 일입니다. 아르바이트를 하는 아이들은 이진형의 사고를 남의 일이 아니라 바로 자신의 일처럼 여깁니다. 그 자리에 자신이 있었다면 자신이 죽었을 수도 있다고 생각하는 겁니다.

그래서 이진형이 오토바이를 훔치지 않았다는 것을 밝혀낼 때 동네 아이들이 모두 나서서 도와줬습니다. 그리고 죽음을 함께 슬퍼하고 안타까워했습니다. 이런 행동이, 이런 마음이 죄가 될 거라고는 생각도 못 했습니다.

저는 고소인이 고용계약서를 쓰지 않았다는 사안만으로 벌금 30만 원을 냈다는 걸 알고는 화가 났습니다. 오토바이 배달을 강요했는데, 사고 책임이 없다니 말도 안 됩니다.

그리고 아르바이트생들을 도둑질이나 하는 후안무치한 존재로 깎아내렸으면서 도리어 문희를 명예훼손으로 고소했다는 것은 적반하장도 이런 적반하장이 없다고 생각합니다.

고소인은 SNS에 올라온 그림 때문에 장사가 안 돼서 식당 문을 닫는다고 했다는데, 그 식당이 있는 자리는 주상복합건물이 들어와서 어차피 다른 곳으로 이전해야 합니다. 고소인은 이진형 사고 때처럼 또 세상에 거짓말을 한 겁니다.

고소인은 이진형이 오토바이를 훔쳤다고 해서 명예를 훼손했고, 명예를 훼손하지 않은 문희를 고소해서 명예를 훼손했습니다. 그리고 아르바이트를 하는 청소년들의 명예를 훼손했습니다.

저는 동네 아이들에게 탄원서를 부탁했는데, 모두 탄원서를 써 줬습니다. 뒤늦게 알고 탄원서를 쓰겠다며 연락하는 아이들도 있습니다.

저희는 문희를 위해 계속 탄원서를 모을 겁니다.

저희는 이진형은 지키지 못했지만, 문희는 반드시 지킬 겁니다.

제가 좋아하는 무술인 이소룡은 말했습니다.

"생각하지 말고 행동하라."

저는 문희의 무혐의를 반드시 밝혀낼 것입니다.

20**년 *월 **일

탄원인 : 오사강

.

한 사람의 이름을 적어 놓고 오랫동안 막막하게 바라봤다.

한 사람의 시작은 어디일까.

거슬러 올라가면 시작은 흐릿해져서 어디를 '처음'이라고 해야

할지,

'본래'는 어디쯤인지 알 수 없었다.

그러고 보니 한 사람의 시작이 미심쩍었다.

스스로 시작하지 않았는데, 시작이라고 할 수 있을까.

이름을 얻었다고 처음이 될 수 있을까.

내가 적어 놓은 이름은 아직 시작조차 하지 않았다는 걸

깨달은 뒤에야 글을 쓸 수 있었다.

글을 쓰면서 세상이 멋대로 부르는 이름에 얽매이지 않고

자신의 이름을 찾아가는,

스스로 아름다운 무늬를 새기는 이들을 내내 생각했다.

소정, 윤형, 은주, 주현, 채린, 태근, 혜원과 혜원, 효주, 희준의

도움이 컸다.

진심으로 감사하다.

김해원

낮은산 21
키큰나무

나는 무늬

2021년 3월 30일 처음 찍음
개정판 2022년 5월 10일 처음 찍음 | 2023년 5월 25일 세 번 찍음

지은이 김해원

펴낸곳 도서출판 낮은산 | 펴낸이 정광호 | 편집 조진령 | 디자인 소요 이경란 | 제작 정호영
출판 등록 2000년 7월 19일 제10-2015호
주소 04048 서울시 마포구 어울마당로5길 16 반석빌딩 3층
전화 02-335-7365(편집), 02-335-7362(영업) | 팩스 02-335-7380
홈페이지 www.littlemt.com | 이메일 littlemt2001ch@gmail.com | 트위터 @littlemt2001hr
제판·인쇄·제본 상지사P&B

ISBN 979-11-5525-153-9 43810